双葉文庫

小早川秀秋の悲劇

笹沢左保

目次

小早川秀秋の悲劇

第一章　狂乱五十一万石

一

陰暦の九月は、晩秋である。日々、気温が下がる。あちこちに、野菊が花を咲かせている。それでも明るい日射しをまともに浴びていれば、決して涼しくなかった。

まして遠乗りに出かけて、存分に馬を走らせればかなりの運動になる。汗をかくし、喉も渇く。中納言は、冷たい水が飲みたくなった。沢田村まで、来ていた。

すでに、岡山城が見えている。西へひとっ走りで、岡山の御城下につく。しかし、中納言はそれまで、我慢ができなかった。中納言はいきなり、街道から横道へそれた。

正面に、農家がある。その農家へ、中納言は馬首を向けたのだ。お供の八騎の騎馬が、あわてであとを追った。家の中から、若い女が飛び出してくる。

まさか御領主さまだとは思わないが、偉いお方なのだろうと娘は土下座した。こうした場合、中納言ともなると軽々しく下馬することはない。

中納言は、馬上にいる。娘と直接、口をきくこともない。

「冷えた水にて、喉を潤したい」

中納言は、家臣のひとりにそう伝えた。

「ははっ」

その家臣が、馬からおりて娘に近づく。

「御城主さまが、ご所望じゃ。よう冷えた水を、これへ持て」

家臣は、娘の耳に囁いた。

「は、はい。ただいま……」

城主さまと聞いて、娘は腰を抜かさんばかりに驚いた。

娘は、家の中へ駆け込んだ。冷たい水という注文だから、汲み置きの水は駄目だろう。娘は気を利かせて、井戸から汲み上げた水を大きめな小鉢に入れて運んだ。

娘は小鉢を、家臣に渡した。中納言は家臣から、小鉢を受け取る。中納言は一口、水を飲んだ。冷たい水だから喜んでもらえるだろうと、娘は思った。

だが、とたんに中納言の顔から、血の気が引いていた。目が吊り上がり、額に青筋が走る。恐ろしい形相で中納言は、家臣の目の前に小鉢を突き出した。

「これは、何じゃ」

中納言は、声を震わせた。

「ははっ」

家臣は、小鉢の中を覗いた。

枯れ葉の極く一部分が、水に浮いている。それも、枯れ葉のカケラとまではいかない。枯れ葉の縁がほんの一筋、大きさは爪の先ほどもなかった。

このようなことで癇癪《かんしゃく》を起こし、お怒りになる中納言さまではないはずなのにと、家臣のほうがびっくりした。いつもの中納言であれば、代わりの水を持てと命じる程度だった。

「恐れ入りましてございます」

家臣は小鉢を、受け取ろうとした。

しかし、中納言はそうはさせずに、小鉢を地面に叩きつけた。小鉢は、粉々に割れた。娘は泣き出しそうな顔で、その場に立ちすくんでいる。

「おのれ、このわしに毒草を飲ませようとしおったな！」

娘に怒声を浴びせると同時に、中納言は太刀《たち》を抜いた。

家臣が制止したり、娘が逃げたりする暇はなかった。中納言の太刀は、深々と娘の首を割っていた。娘の首が傾いて、地上に転がり落ちた。

血の霧が流れる中で、首を失った娘の身体がゆっくりと倒れた。お供の八騎には言葉もなく、ただ茫然となっていた。どうしてこのようなことをするのだろう、まるで別人だ、というのがお供の八騎の共通した当惑であった。

中納言は、太刀を鞘《さや》に収めた。中納言は、太刀を腰に差していない。佩刀《はいとう》と称して、反《そ》りも逆にした太刀を腰に下げているのだ。太刀を佩《は》く、という。

「参るぞ」

中納言は、馬腹を蹴った。

首を刎《は》ねられた娘の死骸をそのままに、九騎は岡山城へ向かった。お供の家臣たちは、気が重かった。主君の人柄が変わってしまい、とても常識では考えられない行動に出たのだ。

あのくらいのことで領民の首を刎ねる領主が、ほかにいるだろうか。見えるか見えないほどの枯れ葉の切れ端が、水に浮いていたのにすぎない。

それを中納言は、自分に毒草を飲ませようとしたと激怒する。そのようなことは、ついぞなかった中納言なのだ。それが今日になって、突如として別人に一変した。お供の八騎は、今後どうなるのだろうかという不安を、覚えずにいられなかった。

帰城するとすぐに八騎のお供の口から、驚愕に値する中納言の行状について語られる。それはたちまち、城中に知れ渡った。その出来事を耳にしない家臣は、ひとりもいなかった。

家臣全員が、信じられないという顔つきで唖然となった。そんな無謀で残酷なことをする主君だったとは、想像も及ばなかったのだ。もともと中納言には驕慢《きようまん》で粗暴な一面があり、激しい感情の持ち主でもあった。

しかし、それは性格上の問題で、平気で非常識なことを押し通すわけではなかった。手に負えないような分からず屋ではなく、無茶を重ねるほどわがままでもなかった。

まだ二十歳という若さだが、決して愚かな中納言ではない。思慮分別というものを弁《わきま》えていたし、家臣を無意味に困らせるようなこともなかった。

そんな中納言が、実に無益な殺生をやってのけたのである。取るにたらないことで激怒し、いきなり罪もない農家の娘の首を刎ねたのだ。しかも中納言の心理状態が、まるでわからないのだから不気味であった。

家臣たちの顔つきは、どことなく暗かった。噂は御城下にも広まり、町人があちこちに集まって中納言の酷い仕打ちを話題にしていた。

中納言の領国は、備前・美作《みまさか》（岡山県）の両国で五十一万石余であった。美作へはまだ届かなかったが、備前には沢田村の惨劇が風聞となって流れた。

御領主さまを非難するわけにはいかないので、人々は恐怖に顔を引き攣《つ》らせて黙り込んでいる。大した理由もなく娘の首を刎ねられても、泣き寝入りするしかない沢田村の一家に、同情を寄せない者はいなかった。

四人の家老が集まり、今度の一件について協議した。この時代の大々名は四人家老といい、四人の家老をそろえているところが多かった。

中納言のもとにも、四人家老がいて政道を掌握していた。

稲葉佐渡守正成《まさなり》、この慶長六年（一六〇一）で三十一歳。

杉原紀伊守重治、四十六歳。

平岡石見《いわみ》守頼勝、四十二歳。

松野主馬《しゅめ》入道道円、五十歳。

いずれも太閤秀吉に命ぜられて、中納言に属したり中納言の付家老《つけがろう》になったりしている。文禄の役と慶長の役で、中納言が名護屋や朝鮮に在陣していたころのことである。

家老は年齢にかかわりなく、年寄衆ともいわれた。稲葉正成などはまだ三十一歳、いちばん若くて、筆頭家老であった。稲葉正成の禄高は五万石、杉原重治は二万石、平岡頼勝は三万石、松野道円は一万五千石と、四人とものちの大名並みだった。

「これまでも、ご気性が変わられたとは四、五たび思うたことがござった」

平岡頼勝が、吐息とともに肩を落とした。

「ご気性が、ひどく粗暴になられた。お気分が常に、お荒《すさ》みのご様子。それがしもさようには、受け取り申しておった」

杉原重治が右腕を、乱暴に振り回すようにした。

「お気に召さぬことがあれば容赦なく、小姓《こしょう》どもを打擲《ちょうちゃく》あそばされる」

「お抜きにはならぬが御《おん》太刀にて、肩や背を打ち据えられた近習もおった」

「投げつけられる、叩きつけられる、壊されるのが、お癖になられたようじゃ」

「いつとなくお怒りのご様子で、お笑いあそばされることがのうなった」

「ただ血を見ることにはならぬようにと、お気遣いくださってはおいでだった」

「お手討ちなどとは仰せになるどころか、ご冗談にもお口になされることさえあり申さなんだ」

「それが、このたびは問答無用で百姓娘の首を、刎ねられたのじゃ」

「近習《きんじゅう》、小姓なればお手討ちですませることができよう。されど罪科《つみとが》もなき百姓の娘をお手にかけられたとあっては、人殺し呼ばわりをされることと相成り申す」

「御領内に悪口雑言が飛び交えば、中納言さまのご威光にかかわろう」

平岡勝頼は、厳しい表情でいた。

「ご威光よりも、ますます人心が離れることをそれがしは恐れておる」

杉原重治は、弱々しく首を振った。

「当日の中納言さまは、御酒《ごしゅ》を召しておられたのであろうか」

稲葉正成が、口を挟んだ。

「ご乗馬の際に、御酒は召されませぬ。ただし、朝のうちに召された御酒の酔いが切れましたるために、お苛立ちも手伝いご機嫌を損じあそばされておられたやもしれませぬ」

松野道円が答えた。

「やはり御酒が、災いのもとと相成ったのではないか」

稲葉正成は、唇を噛んだ。

「さように、申せましょうな」

松野道円は、浅くうなずいた。

「御酒を断っていただくほかに、手はござるまい」

稲葉正成は、腹を立てているような目つきでいる。

「それこそ、手を伸ばして月や星に触れるよりも、難しゅうございますぞ。到底、望めませぬ」

松野道円は、苦笑していた。

中納言は、酒なしでいられない男なのだ。朝の目覚めとともに、酒を持て——が始まる。それから一日中、寝るまで酒盛りが続く。途中で酔いつぶれることもあるが、そのほうが酔いも醒めて睡眠がたりるので、かえって酒盛りが長引くことになる。

夜中でも目が覚めると小姓に命じて、寝所に酒の支度をさせる。食は細いほうで、多くの肴を求めない。その代わり、酒の切れるときがなかった。

アルコール中毒まではいかないにしろ、酒に依存しなければ生きていられないようだった。いついかなるときも、式日の正式な行事があろうとも中納言は酒気を帯びている。

以前から酒豪ではあったが毎日、朝から晩まで飲み続けるといったことはしなかった。それに酒を飲ませまいとするのは、至難の業であった。

何しろ、相手は主君なのである。家臣は主君の命令に、逆らうことを許されない。夜中だろうと中納言の指示があれば、酒の用意をしなければならないのだ。

そうした家臣の分際《ぶんざい》で、おやめくださいとは言えるはずがなかった。もし中納言に断酒を進言するならば、死を覚悟のうえでやることになる。

つまり中納言に禁酒はおろか、減酒さえ強制することは不可能なのである。

「中納言さまのご気性が荒みあそばされたのも、御酒を浴びるがごとくに召し上がるようになられたのも、この春以来のことにござろう。やはり、かの出来事が中納言さまのお人を、変えてしもうたのであろうか」

稲葉正成が、一同を見渡した。

「さように、思えてならぬ」

杉原重治と平岡頼勝が、正成の意見に同調した。

「相違ござるまい」

岡山城は昨年の十月に平岡頼勝が、戸川肥後守と浮田左京亮《さきょうのすけ》（坂崎出羽守）から受け取っている。とにかく荒廃した岡山城なので、その大修築と新たに外堀を設けることを、中納言は家康に願い出て許された。

中納言は岡山に入城すると直ちに沼城や富山城を取り壊し、その城門や櫓をはじめ大量の資材を移し、壮大な岡山城を築いた。短期間のうちに、岡山城は一変した。

外堀などは、わずか二十日間で完成させる。領民を総動員して、伊勢宮から天瀬に至るまでの十五丁余り（約一六三五メートル）の外堀を、二十日間で掘り上げた。そのために、二十日堀と呼ばれた。

今年の二月いっぱいで、すべての工事が完成した。

三月になって中納言は数十人の家臣を引き連れ、馬に乗って岡山城をあとにした。東へ四里（十六キロ）ほど進むと、砂川という川にぶつかる。広谷というところで橋を渡れば、吉井川の河畔に出る。

その吉井川の河口の近くに、西大寺観音院がある。院内には殺生を禁じる水域があったが、岡山城を完成させたことで傲慢にもなった中納言は調子に乗りすぎていた。

「西大寺観音院は、わが領内にあり。領主が魚を獲るのを、禁ずることはあるまい」

と、中納言はいやがる付近の漁民を引っ張ってこさせ、殺生禁断の水域に網を投げ入れて、多くの漁獲を得たのである。

二

やがて、中納言の一行は帰途につく。

往路と同じ道を引き返したので、砂川に架かる広谷の橋を渡ることになる。ところが橋の手前で何に驚いたのか、中納言の乗った馬だけが前足を高く上げた。

不意のことであり、馬術の達人でなければとても持ち堪《こた》えられない。中納言はたまらず、馬上から転げ落ちた。中納言は、うなり声を洩らした。

打ちどころが悪かったのか、立ち上がることもできない。家臣たちが手を貸しても、中納言は尻餅をついたままでいる。それを川岸にたたずんで、どこからともなく現われた僧が眺めていた。

墨染めの衣に白い手甲脚絆《てっこうきゃはん》をつけて草鞋《わらじ》ばき、半球形の網代笠《あじろがさ》をかぶり錫杖《しゃくじょう》を手にしている。旅の老僧ながら眼光鋭く、相手を圧倒する威厳を感じさせた。

「これ、中納言どの」

馴れ馴れしく、老僧が呼びかけた。

中納言と家臣たちは老僧に視線を集めたが、口をきく者はいなかった。

「西大寺観音院の聖なる流れにて、そなたは進んで禁を破り魚の殺生を楽しんだゆえに、仏罰が下ったのじゃ」

老僧は中納言を、少しも恐れていなかった。

中納言や家臣たちは内心、仏罰かもしれないと不安を覚えていたので、老僧に対して反論することができない。

「禁じられたることは守らねばならぬと、領民に範を垂《た》れるのが領主たるものなり。それをみずから禁を破りたるは、そなたの驕りがすぎるためじゃ」

老僧は、歩き出した。

そうしたことを中納言に向かって、直言できる人間はまずいない。中納言も家臣たちも完全に威圧されて、なおも言葉を口にせずにいた。老僧はふと足をとめて、中納言を振り返った。

「諸国においてはこぞって武家、百姓、商人の別なく、小早川《こばやかわ》中納言は日本一の裏切者よと嘲りおるぞ。そなたは世の中の目と口を気遣い、驕りを捨て行いを慎しむがよかろうぞ」

老僧はそう言い捨てて、川沿いの道を南のほうへ立ち去った。

老僧を捕えようと、あとを追う者などいなかった。老僧の言ったことは、すべて真実だったからである。それに老僧は、平然と中納言を批判した。

たとえ僧であろうと、人間ならば遠慮せずにはいられないことを堂々と口にする。あれは、普通の人間ではない。仏陀が僧に身を変えて現われたのだと、家臣たちは恐れをなしたのであった。

中納言も無礼者と、怒るようなことはなかった。しかし、中納言は顔色を失い、熱病にかかったように震えていた。胸に残る傷を老僧によって、再びグサリと刺されたからだった。

中納言にとっては、このうえないショックであった。全国どこへ行こうと武家のみならず、万民が日本一の裏切者と嘲笑している——。この老僧の言葉が、中納言の頭の中でガンガン鳴っていた。

無言で帰城した中納言はそれから二十日近く、憂鬱そうに塞ぎ込んで半ば放心状態にあった。誰とも、会いたがらない。小姓に用を言い付ける以外は、いっさい口をきかなかった。

その間に、中納言は酒を飲み始めた。日に日に酒量が増えて、ついには朝から晩まで酒浸りの中納言になった。人相も、変わった。眼差しが、虚無的な暗さを感じさせる。

表情の険しさが、どこか薄気味悪かった。感情を刺激されると、凶暴な顔つきになる。性格にも、違いが生じた。怒ったり気分を害したりすると、ものを投げつけ打ち壊す。激怒すれば家臣を殴りつけ、蹴飛ばし、太刀や槍を手にする。

気持ちが荒みきって、自制心も鈍っている。家臣にしてみれば驕慢で粗暴ではあっても、どことなく気弱で常識家だった主君が、鬼のように恐ろしい人間に豹変したのであった。

そして、水の中に糸のような枯れ葉の切れ端が浮いていたというだけで、農家の娘の首を刎ねるような残虐性を中納言は発揮したのだ。しかも中納言はそのことを、少しも後悔していなかった。

どうやら老僧の忠告と戒めは、中納言にとって薬にはならなかったようである。むしろ、大変な毒になってしまったのだ。

日本一の裏切者――。

当然この中納言とは、小早川秀秋《ひであき》のことであった。

前年の慶長五年（一六〇〇）九月、関ヶ原の合戦で西軍は大敗を喫した。この関ヶ原の合戦については、何事もなければ西軍の勝利に終わったはずと、多くの書物に記されている。

それが、みごとに逆転した。

その理由は、二つある。ひとつは石田三成のもとに結集することに二の足を踏む武将が、西軍の諸大名の中に少なからずいたためである。

そうした大名たちには、死にもの狂いで敵を打ち破るという戦意が欠けていた。西軍の形勢不利となった場合は、石田三成を見捨てようという日和見主義でいたのだ。

第二の原因だが、これが決定的な結果を招いた。

小早川秀秋の裏切りであった。西軍の中に布陣していながら小早川勢はいきなり、西軍のうちで最も頼もしいとされていた大谷刑部《ぎょうぶ》の軍勢に攻撃を仕掛けた。

それが西軍総崩れの端緒となり、関ヶ原の合戦はやがて東軍の大勝に終わる。東軍を勝利に導いたのは、実力によるものでなく小早川の寝返りだったにすぎない。

小早川秀秋は裏切りを実行した人物として、その名を天下に知られた。裏切者は無条件で、誰からも嫌われる。武家に加えて万民が、小早川秀秋は日本一の裏切者よと侮蔑するのは無理もないのである。

いずれにしても、小早川秀秋が日本史上に残る最大の裏切者のひとりであることは、よく知られている。したがって、関ヶ原の合戦についての詳しい記述は省略したい。

小早川秀秋は、天正十年（一五八二）に生まれている。

天正十年は六月に明智光秀が本能寺で信長を殺し、すぐさま秀吉が光秀を討った年である。

いわば秀吉が天下取りに、大きく近づいたときだった。

秀秋の実父は、木下肥後守家定。木下家定は、秀吉の正室（北政所《きたのまんどころ》）の兄に当たる。

秀秋は北政所と実の甥・叔母の関係にあり、秀吉は秀秋の義理の叔父ということになる。

秀秋の実母は、杉原七郎左衛門家次の娘。杉原家次は秀吉に仕え、京都所司代に任ぜられ福知山城主になった。

秀秋の家老のひとり杉原重治は、実母の実家の杉原家と縁続きであった。

秀秋の幼名は辰之助で、木下家定の五男として誕生した。

幼くして秀秋は秀吉の養子となり、羽柴秀俊と称して丹波亀山十万石を与えられた。だが、秀頼が生まれたことから秀吉は、秀俊という養子を必要としなくなった。

そこで毛利家の庶流であり、名門として知られる小早川家に秀吉は目をつけた。毛利元就の三男である小早川隆景は、合戦に勝つことしか知らない勇猛果敢な武将だが、子に恵まれなかった。

これはよき縁組みなりと秀吉は、小早川隆景に世継ぎ養子として秀俊を押しつけた。小早川隆景のほうは、ありがたきしあわせとお受けするしかない。

文禄二年（一五九三）、秀俊は小早川隆景の養嗣子《ようし》となり、名を秀秋とする。

このときの小早川隆景の所領は筑前（福岡県）一国と、肥前（佐賀県）筑後（福岡県）の各二郡を合わせて三十万七千三百石であった。

その三十万七千三百石も、秀秋が襲封《しゅうほう》した。翌三年に隆景は備後（広島県）の三原で、宍戸元秀の娘を毛利輝元の養女として秀秋の妻に迎えた。

秀秋はまだ、十三歳だった。

しかし、秀秋は隆景に代わって、朝鮮に在陣した。慶長二年（一五九七）、十六歳になった秀秋は総大将として、朝鮮へ出陣する。

翌三年の三月に帰国したが、秀秋は秀吉の怒りを買っていた。怒りの理由は領国の統治が完全でないこと、それに朝鮮において総大将にあるまじき軽率な行動に走ったことであった。

その罪により秀吉は秀秋に、北ノ荘（福井県）への移封《いほう》を命じた。だが、それから五ヵ月後に、秀吉は他界することになる。秀吉は秀秋が元どおり筑前・筑後・肥前の領国に戻ることを許すと、遺命の中に残していった。

それは、徳川家康の取り成しによるものだった。家康が秀秋を許すようにと、秀吉を説得したのだという。家康がそこまで言うならと、秀吉は秀秋の九州帰還を遺命に含めたのである。

すべて、家康のおかげだった。秀秋は恩に着るとともに、家康に大きな借りができたことを自覚した。

すでにこのときから、何かあれば家康の恩に報いるべきだという気持ちが、漠然とながら秀秋の心に芽生えていたのだ。ただ、その舞台が合戦の場になろうとは、秀秋も予期していなかった。

秀吉の死後わずか二年で、家康は天下取りへの道を突き進む。一方、豊臣家の安泰という大義名分を掲げて、再三再四にわたり家康殺害を企てる石田三成の存在が、次第に重きをなしてくる。

風雲急を告げて危機感を抱いた石田三成は、ついに豊臣と徳川の戦いあるのみと決断する。石田三成は秀頼の命令として、豊臣恩顧の諸将を大坂城に集める。

秀秋も催促を受けて、大坂城へ向かう。秀秋は、迷いに迷った。借りのある家康に、弓を引く気にはなれない。それに秀秋は、三成に好感を持てなかった。

石田三成の胸のうちが、どうにも読み取れないのだ。何か、野心があるのか。純粋に、豊臣家のためを思っているのか。秀吉には忠実でも三成は嫌いだという諸将を、味方に付ける自信があるのか。徳川との合戦に、勝算があるのか。

あらゆることが疑わしくて、秀秋には三成が信頼できない。何を考えているのかも、よくわからなかった。家康への恩を仇で返して、石田三成のために犠牲になるのでは納得がいかない。

だが、参戦を拒否して座を立ってしまうといったことも、秀秋にはできなかった。まだ十九歳という若さだし、秀秋にはそうした気弱さと優柔不断な一面があるのだった。

秀秋は、小早川家の年寄衆に相談した。すると意外にも、石田三成の意に従うことに反対する者が多かった。

「寝返るとは、卑怯千万！　武人として、断じて許されることではござらぬ！」

裏切ることに賛成しなかったのは、松野主馬入道道円ただひとりであった。

松野道円はもう若くないが、小早川隆景とともに朝鮮の山野を駆けめぐった歴戦の勇士である。槍を取ったら天下無双、鬼神のごとき使い手よと小早川隆景も一目置いたほどの気骨者だったのだ。

三

松野道円の主張は、間違っていない。まさしく、正論であった。敵に内通して、裏切者の汚名を着ることは、武士にとってこのうえない屈辱である。しかし、その屈辱に耐えても徳川に味方すべきだというのが、ほかの年寄衆の意見だった。

「お家のためにござる」

「このたびの合戦に敗れたれば、小早川家はお取り潰しじゃ」

「治部《じぶ》（三成）どのには、死なばもろともと心を一《いつ》にする将が少のうござる。さような治部どのがもとに集まる者どもは、烏合《うごう》の衆《しゅう》なること明らかにござろう」

「烏合の衆なるもの不利になれば、逃げ散るか寝返るかのいずれかにござる」

「徳川勢は、烏合の衆にあらず。全軍が揺らぐことなき結束を固めおるゆえ、寝返りなどあろうはずはなかろう」

「われらが内通いたさずとも、心が揺らいでおられる脇坂（中務少輔《なかつかさしょうゆう》安治）どの、朽木《くつき》（河内守元綱）どの、小川（左馬助祐忠）どのらが必ずや寝返るであろう」

「このたびの合戦は、寝返りによって西軍が敗れること火を見るより明らか」

「徳川方にお味方せずにおれば、小早川家は賊軍の扱いにて、中納言さまもご無事ではおられますまい」

稲葉正成、杉原重治、平岡頼勝、村山越中《えっちゅう》、伊岐真利といった重臣たちは口をそろえて、裏切者として徳川に味方することの利を説いた。

重臣たちは、寝返る諸将によって西軍が敗れることを固く信じている。小早川家がそれに取り残されたら、万事休すであった。それならばいっそのこと小早川家が真っ先に裏切って、家康に大手柄を認めさせたほうが将来有利になる。

小早川家の存亡がかかっているだけに、重臣たちも必死だったのだ。多勢に無勢では、議論にも勝てるはずがない。ただひとり卑怯者になることに反対した松野道円も、苦々しく思いながら沈黙した。

秀秋に寝返りをすすめたのは、北政所だとよく言われている。ありそうなことだが、北政所が動いた気配はない。寝返りを画策した主人公は、小早川家の重臣と家康の家臣であった。

寝返るのは、決戦のときでなければ意味がない。それまでは小早川勢も、西軍として行動しなければならない。

慶長五年七月十七日、西軍の挙兵が決定する。

このとき大坂に集まった西軍の兵力は、十五万七千人とされている。しかし、その中に決死の覚悟で戦場に臨むつもりの将兵が、果たしてどのくらいいただろうか。

総大将の毛利輝元、それに増田長盛たちは大坂城に残留する。

石田三成、宇喜多秀家、長束《なつか》正家らは、美濃（岐阜県）尾張（愛知県）方面へ進軍する準備に取りかかる。

宇喜多秀家が島津義弘、小早川秀秋などの軍勢三万九千余人を率いて、伏見城を攻めるのは七月十五日と決まった。

小早川家ではこれまでに、早くも裏切りのための謀略を進めていた。

秀秋の重臣のひとり平岡頼勝は、黒田孝高《よしたか》の縁者であった。

如水《じょすい》と号す黒田孝高は、豊臣家に大恩があろうと反石田三成である。そのためにいまでは、家康に与《くみ》する大名になっていた。

そうした黒田如水のもとへ、秀秋は平岡頼勝を使者として送った。平岡頼勝は、決戦を迎えたときには家康に味方して寝返ると、小早川家の意中を黒田如水に伝えた。

黒田如水は急使を派遣して、関東にいる長男の黒田長政にこのことを知らせる。長政は直ちに、小早川秀秋の決意を家康に報告する。

家康が全面的に、それを信じたかどうかはわからない。だが、家康は秀秋に寝返る可能性があることを、この時点ですでに承知していたのであった。

西軍に包囲された伏見城は、なかなか陥落しなかった。七月十五日の夜から始まった攻防戦は、半月も続くことになる。城中に西軍に内応する者がいて、八月一日にようやく伏見城は落城する。

上杉征伐のために関東の小山にいた家康と麾下《きか》の諸将は、上杉征伐を断念して引き揚げを開始する。家康が小山を出発したのは、八月五日のことである。

東軍の先遣隊は八月十四日に、早くも尾張の清洲に集結を終えた。八月二十四日に徳川秀忠が、宇都宮を発して中山道《なかせんどう》を西へ向かう。

家康は本隊として精鋭部隊三万五千を従えて、九月一日に江戸を進発した。十一日に清洲、十三日に岐阜、十四日に岡山の本陣に到着する。

岡山というところは、岐阜県不破郡赤坂の水田の中に盛り上がる小高い丘陵地帯だった。西に垂井の峡谷があり、その彼方の北側に伊吹山、南寄りに南宮山が見える。

伊吹山、南宮山の山麓が、関ヶ原であった。

一方の小早川秀秋は石田三成から、伊勢（三重県）の津へ進撃することを命ぜられ、一万の軍勢を率いて八月十七日に大坂をあとにした。

しかし、秀秋は途中で、目的地を変更した。命令違反であったが、津を目ざすのをやめて畿内を北上した。

やがて、近江《おうみ》（滋賀県）へはいる。秀秋と一万の兵は、近江の高宮に在陣した。そのまま関ヶ原や大垣へ移動するどころか、まったく動こうとしなかった。

この間に秀秋は稲葉正成と平岡頼勝に命じて直接、家康の密使と何度か密談させている。家康の密使は二人いて、西国の諸将との接触を続けていた。

西軍として、参戦するな。

東軍に、内応せよ。

東軍に味方して、各地方の西軍の城を攻めよ。

このように説得して回るのが、密使の役目であった。密使のひとりは岡野越中守融成《とおなり》、もう片方は、山岡道阿弥《どうあみ》である。

岡野融成は北条氏政、氏直、豊臣秀吉、そして家康に仕えている。秀吉は激怒して融成を処刑しようとしたことがあったが、融成の忠義心と豪胆さに感服して、われに仕えよと命じたのだ。

そのとき融成は、板部岡《いたべおか》という従来の姓を変えて岡野と称することになった。

山岡道阿弥は初め暹慶《せんけい》という僧であり、三井寺に住していた。暹慶は織田信長を敵視し、僧兵として闘った。だが、柴田勝家らの軍勢に破れて、いったん逃れたのちに信長に仕えた。

その際、暹慶は還俗《げんぞく》して、山岡八郎左衛門景友と名乗った。山岡景友は信長を殺した明智光秀を安土城へ赴かせまいと、膳所《ぜぜ》に進出して浦々の船をすべて奪った。

　このために明智光秀は坂本から動けず、すみやかに安土へ入城することができなかった。そうした功もあって、山岡景友は秀吉に仕えた。

　そこで山岡景友は再び剃髪して、道阿弥と号した。道阿弥は秀吉の側近となり、数々の恩恵を被った。秀吉の死後、家康の一命を狙う石田三成を敵に回す。

　それが縁で、道阿弥は家康に仕えることになる。家康は道阿弥の知恵と弁舌、信頼できる点を高く評価している。そのために道阿弥は、家康からも好遇されていた。

　そうした経歴の持ち主である岡野融成及び山岡道阿弥、それに稲葉正成と平岡頼勝は腹を割って話し合った。駆引きも騙し合いも、抜きである。

「中納言（秀秋）どのが内応さえあれば、徳川勢の勝ちが決まったも同じであろうと、内府《ないふ》（家康）さまにはたいそうお喜びでござった」

　岡野融成のこの言葉には、家康が秀秋の裏切りを本気で受けとめている、という意味も含まれていた。

「約定をみごとに果たすこと、天地神明にお誓い申す」

　稲葉正成の顔には、いまさら後には引けないと書いてある。

　四人は、うなずき合った。この瞬間に、関ヶ原の合戦にかかわる各将たち、家臣とその家族ら何百万人かの運命が決まったのであった。

九月十四日、秀秋と一万の軍勢は近江の高宮から消えた。秀秋は関ヶ原の南の松尾山へ兵を進め、その場に陣地を構築させたのである。

慶長五年九月十五日が訪れた。

辰《たつ》の中刻《ちゅうこく》（午前八時四十分ごろ）、激しい銃声が聞こえたときから、日本の歴史を変える関ヶ原の合戦の火蓋が切られた。

西軍十六万は、九万に減っていた。

合戦に不参加の諸将と、逃亡した将兵が予想以上に多かったのである。

寝返るつもりの小早川秀秋の一万三千、朽木元綱・脇坂安治たちの五千、待機しているだけで一兵たりとも動かなかった毛利秀元の一万六千、戦わずして逃走した長束正家・長曽我部《ちょうそかべ》盛親《もりちか》・安国寺恵瓊《あんこくじえけい》らの一万二千、合計四万六千は役立たず。

つまり、実戦に参加した西軍の兵力は四万四千にすぎなかったのだ。

東軍は中山道を西上した秀忠の三万がいまだ到着せずだが、逃げも隠れもしない兵力が七万五千に達している。

それでも正午ごろまでの西軍は、東軍と互角に戦った。むしろ、西軍のほうが押し気味だった。家康は焦りに焦って、音なしの構えでいる秀秋を罵倒した。

しかし、やっとのことで秀秋は、寝返りを実行に移した。秀秋の兵一万三千は無数の銃弾を撃ち込んだあと、西軍の中心となっている大谷刑部の軍勢を攻撃した。

それを見て脇坂・朽木・小川・赤座《あかざ》の寝返り組も、味方の西軍に襲いかかった。腹背《ふくはい》からの敵と裏切者の攻撃によって、西軍はたちまち総崩れとなる。

未《ひつじ》の中刻（午後三時ごろ）、西軍の将兵は死者を残して全軍が潰走した。同時に、勝敗が決まったのだ。関ヶ原の合戦は西軍の総敗北、東軍の大勝利に終わったのである。

あとに残ったのは、関ヶ原を埋め尽くした首級と、首を失った死骸だけであった。

秀秋は家康に召されて、今日の手柄を賞する言葉を贈られた。そのとき、石田三成の居城を攻め落とす先陣を命ぜられ翌十六日、秀秋は近江の佐和山城へ進軍した。

秀秋以下の攻め手は、城中にいた者を老若男女の別なく殺戮して佐和山城を落とした。家康は大津に滞在して、西軍の落武者狩りの結果を監視した。

名将にして一流の軍師、大谷刑部少輔吉継が討死したことはわかっている。あと、どうしても捕えなければならないのは石田三成、小西行長、宇喜多秀家の三人である。

間もなく石田三成、小西行長、そして宇喜多秀家の代わりに安国寺恵瓊が捕えられた。三人は十月一日、京都市中を引き廻しのうえ六条河原で首を刎ねられた。

家康は、大坂城へはいった。家康の西軍とその関係者の大名に対する処分は、かなり厳しかった。たとえば豊臣秀頼にしてももはや天下人ではなく、摂津・河内・和泉の三国を領す一大名にすぎず、大坂城主としか認められないのである。

四

宇喜多秀家、岡山五十七万四千石。
長曽我部盛親、土佐二十二万二千石。
前田利政、七尾二十一万五千石。
増田長盛、郡山二十万石。
宮部長熙《ながひろ》、鳥取二十万石。
小西行長、宇土二十万石。
石田三成、佐和山十九万四千石。
織田秀信、岐阜十三万三千石。
毛利秀包、久留米十三万石。
青木一矩、北ノ荘八万石。
小川祐忠、伊予国府七万石。
太田宗隆、臼杵《うすき》六万五千石。
木下勝俊、小浜《おばま》六万二千石。
安国寺恵瓊、伊予六万石。

毛利勝信、小倉六万石。

山口宗永、大聖寺六万石。

多賀谷重経、下妻六万石。

大谷吉継、敦賀五万石。

このほかに五万石から一万石までの大名、六十五家が改易《かいえき》になっている。合計すると八十三家が、廃絶という形で存在しなくなった大名であった。

それだけではない。その他、八家の大名が絶家《ぜっけ》にされている。

立花宗茂、柳川十三万二千二百石。

丹羽長重、小松十二万五千四百石。

岩城貞隆、岩城平十二万石。

相馬義胤《よしたね》、中村六万石。

島津豊久、佐土原二万八千六百石。

新庄直頼、高槻二万四千石。

滝川雄利《かつとし》、伊勢神戸二万石。

高橋長行、内山一万八千石。

ただし、この八家に限り今後十八年のあいだに、全家が再興を許されることになる。永久に廃絶された大名は、前記の八十三家であった。

また廃絶は免れたが、減封という処罰を受けた大々名もいる。

毛利輝元、西中国九ヵ国百二十万五千石より八十三万六千石を減じて山口三十六万九千石へ。

上杉景勝、会津百二十万石より九十万石を減じて米沢三十万石へ。

佐竹義宣《よしのぶ》、水戸五十四万五千七百石より三十三万九千九百石を減じて秋田二十万五千八百石へ。

秋田実季《さねすえ》、秋田十九万石より十四万石を減じて常陸《ひたち》（茨城県）宍戸《ししど》五万石へ。

以上のように廃絶あるいは減封となった大名が、東軍に味方しなかったか反徳川だったということになる。

しかし、小早川秀秋に追随して寝返り、西軍を攻撃した脇坂安治、小川祐忠、赤座直保、朽木元綱のうち、小川と赤座は廃絶になっている。

その反対に関ヶ原の合戦に西軍の将として参戦していながら、廃絶はおろか減封にもならなかった大々名もいる。薩摩の鹿児島七十二万八千石の島津義弘だった。

家康は島津義弘を許し、本領をそっくり安堵した。関ヶ原の合戦で暴れ回ったのに、島津義弘にはまるでお咎めなしである。

処罰の決定が終わると、慶長五年十一月に論功行賞があった。合戦での働きぶりに応じて賞されるのだから、小早川秀秋の期待は大きかった。

裏切者の汚名をかぶってまで、寝返って東軍を勝利に導いた。第一の功労者はおのれだと、秀秋には自負があった。おかげで天下を取ることができた家康としては、百万石をくれてもおかしくないと思った。

ところが、秀秋に内示された報酬は、『備前一ヵ国』だったのだ。秀秋は大いに驚き、顔色を変えて黒田如水の袖にすがった。備前一ヵ国とは少なすぎると、黒田如水も気の毒になった。

「中納言どのがお望みは、どれほどにござろうか」

黒田如水は、まずその点を確かめた。

「せめて、せめて宇喜多家が旧領を頂戴つかまつるのが至当かと存じます」

秀秋は、正直に答えた。

「承知いたしましたぞ」

そのくらいなら何とかなるだろうと、黒田如水は計算したのだ。

黒田如水は、家康に交渉した。

「苦心の謀計を果したる中納言どのに、わずか一ヵ国の恩賞とは何とも得心が参りませぬな」

黒田如水は言った。

「さようか」

家康は、目で笑った。

「備前一ヵ国では、中納言どのがこれまでの筑前領より少のうなりましょう。さようなことに相成りますと、恩賞どころか減封と申さねばなりますまい」

「中納言は、不服を申し立てておるようじゃな」

「申し上げるまでもございませぬ」

「若き者の心得違いにござる」

「中納言どのは十九歳、道理を弁えておりましょう」

「いや、入道どの。わしは人物の器によって、裁量を下したつもりでおる」

「中納言どのの器なれば、備前一ヵ国がふさわしいと仰せにございますか」

「備前一ヵ国であろうと、難しゅうござる。中納言の器量では、一万石がせいぜいであろう」

「一万石……！」

「かつて中納言は、領国の統治に不備なる点が多すぎると太閤さまのお怒りを買い、越前の北ノ荘へ追われたことがござった」

「存じております」

「そもそも中納言は、領主たる器ではないのよ」

「手厳しゅうございますな」

「されど、恩賞なれば致し方あるまい。加えて、入道どのの顔を立てねばならぬ。備前と美作の二ヵ国を、中納言に遣わすと致そうか」

「ありがたきことにございます」

「しかし、先が思いやられるのう。二ヵ国五十一万石が、いつまで中納言の手に負えるやら」

家康は、歯を覗かせた。

「二ヵ国を治めるのは中納言どのに叶わぬことと、明らかになりますればそのときはまたそのときにございます」

黒田如水も、ニヤリとした。

大狸が二匹そろって、薄ら笑いを浮かべたのである。家康も如水も、小早川秀秋の能力の限界を承知していたのだ。家康などは秀秋の器量をまったく買っていないのに、大きな貸しの代償に裏切者として利用したのだから人が悪い。

いずれにせよ、備前と美作の二ヵ国五十一万石を、小早川秀秋に与えることが正式に決定した。秀秋は二ヵ国を受け取り、居城を岡山に定めた。

宇喜多家で家中騒動が頻発していたこともあって、二ヵ国は荒廃しきっている。秀秋は稲葉正成、杉原重治に二ヵ国を荒廃から立ち直らせることを命じた。

新たに検地を行い、寺社を復活させ、道路と農地の整備などが進められた。領内の城砦《じょうさい》は金川、虎倉《こくら》、常山の三つを除いてすべて破却された。

破却した城の一部は、岡山城の増改築の資材に使われる。二十日堀と呼ばれる外堀も完成し、岡山城は見違えるほど豪壮な城に生まれ変わった。御城下も、都会の地として立派になった。

小早川秀秋は、岡山城に移り住む。慶長六年の初めのころで、秀秋は二十歳になっていた。ここまでは、秀秋に異常性が認められることもなかった。ずば抜けて優秀な人物ではないが、悪評や批判を浴びるようなところもない。

新しい世界の発展を望むためには真面目で意欲があって、情熱的で真剣だった。いちおう、政治にも関心を持っていた。五十一万石の大名としては、まあ普通だと言っていいだろう。

そのころ、例の一件が起きたのである。

西大寺観音院の殺生禁断の水域で魚を獲り、その帰り道に落馬した秀秋の近くに不思議な老僧が現われた。老僧は仏罰を恐れよ、驕るなかれ、世人はことごとく汝を『日本一の裏切者』と罵るなり——と、秀秋に忠告して立ち去った。

以来、秀秋は人が変わった。

一日中、酒浸りでいる。常に気持ちが荒んでいて、理由もなく家臣に対して乱暴を働く。気性が荒々しくなり、放鷹《ほうよう》をはじめ殺生を好むようになった。

酔いが醒めるときがないので怠惰になり、書見もお伺いの決済もいっさいやらない。式日の行事にも顔を出さず、家老たちとの談合に加わりもしなかった。

良識とか思慮分別とかを、忘れたように感じられる。重臣たちの諫言《かんげん》に耳を貸すことなく、さっさと立ち去ってしまう。何事も家老に任せっぱなしで、政道にはまるで関与しない。

そういう状態が半年ほど続いたあげく、秀秋はついに罪なき領民の娘の首を刎ねたのである。家老たちは善後策について話し合ったが、何ら結論らしきものが出なかった。

そればかりか五日後に、秀秋は再び太刀を抜いたのであった。

夜中に、秀秋の寝所《しんじょ》から大声が聞こえて来た。狂ったように魘《うな》されているのか、苦しそうな悲鳴だった。

宿直《とのい》の近習三人と小姓二人が、秀秋の寝所を覗き込んだ。近習は壮年者で武芸と才智に優れていて、主君の身辺警固が大切な役目である。

小姓はもっと若くて、主君の食事、衣服、結髪《ゆいがみ》など日常の雑事に奉仕する。そうした近習と小姓が五名、毎夜の宿直を務めている。主君に異常があれば、寝所だろうと様子を窺わなければならない。

とたんに、秀秋が飛び起きた。秀秋は立ち上がると、太刀を手にした。次の瞬間、秀秋は太刀を抜いて突き進んできた。近習と小姓は、休息用の下段之間へ逃げ散った。

だが、そのうちの石垣宇之助という小姓が、転倒した。石垣宇之助は腰が抜けたのか、立ち上がることができない。這いずって、逃げるしかなかった。

「おのれ！」

秀秋は、宇之助を蹴飛ばした。

「宇之助にございます。お許しくださいませ！」

宇之助は、仰向けになって泣き出していた。

「おのれ、〇〇〇〇め！」

秀秋は、太刀を振りかぶった。

舌が回らないというか言葉が不明瞭で、秀秋が口にした〇〇〇〇が何であるか誰にも聞き取れなかった。

「何とぞ、お許しを……！」

それが、石垣宇之助の最期の叫び声となった。

秀秋の太刀が振りおろされて、石垣宇之助の顔面を深々と断ち割ったのだ。石垣宇之助の顔が、西瓜《すいか》を打ち砕いたように真っ赤になっていた。

「思い知ったか！」

秀秋はなおも、石垣宇之助の胸を太刀で串刺しにした。

石垣宇之助の身体が痙攣したが、声は出なかった。秀秋は太刀を抜き取ると、虚脱したような表情で溜め息をついた。

五

翌朝、秀秋は放鷹に出掛けると言い出した。ケロッとしているふうには見えないが、通常の秀秋とあまり変わらない。昨夜半、小姓ひとりを惨殺したことなど記憶にないようだった。忘れてしまったのだろうかと、家臣たちはいっそう気味が悪くなる。昨夜半あれほどの血を見ておきながら、今日も朝から殺生かとうんざりしながらも、家臣にはいやな顔ができなかった。

目的地は、高梁川《たかはし》の上流と決まった。平野部を北上した高梁川が上流で、渓谷へはいり込もうとする手前に丘陵や野原が広がっている。その一帯で、鷹狩りをすることになったのだ。岡山から西へ、六里（二十四キロ）の道程であった。徒《かち》（徒歩）の御番衆《ごばんしゅう》が数十人、騎馬が十騎、ほかに小姓、足軽、鷹匠《たかじょう》、鳥見衆《とりみしゅう》などが一行に加わる。

秀秋もしばらく馬で進んだが、途中で用意してきた輿《こし》に乗り換えた。酒が飲みたくなったからである。すべて素木《そぼく》の板で作られた板輿で、前後に突き出た轅《ながえ》を八人の足軽が担ぐ。その板輿はほとんど揺れないし、秀秋は独酌《どくしゃく》で酒を飲んでいる。

やがて目的地に到着して、松尾という村落を中心に鷹狩りが行われた。秀秋はよほど殺生を好むようになったらしく、目を爛々《らんらん》とさせて上機嫌であった。

しばらくして、弁当を使う時刻が近づいた。だが、そのころになって、思わぬ異変が起きた。急降下した一羽の鷹が、草むらの中で野兎らしい小獣を捕えたのだ。

そこへ、どこからともなく少年が、ひとり現われた。少年は、鷹のところへ駆け寄った。鷹は恐れて野兎をそのままにして、空高く舞い上がった。

「愚か者め！ 余が鷹狩りを妨げるのか！」

秀秋は顔色を変えて、怒声を発した。

「おのれ、許さぬ！」

秀秋は素早く、弓矢を手にした。

長さが七尺三寸（約二・二メートル）の漆弓《うるしゆみ》で、むかし太閤秀吉から拝領したものである。

その弓に矢を番《つが》えて、秀秋は弦を引き絞った。的を、子どもに定める。

「お待ちくだされませ」

「相手は、童《わらべ》にございます」

「兎を逃がさんとの一心だったのでございましょう」

三人の近習が言葉で制止した。

だが、秀秋の耳にはもう、何も聞こえないのだろう。目つきが、違っている。近習たちも弓矢を取り上げたり、秀秋に組みついたりはできない。何よりも、秀秋の幽鬼のような顔が恐ろしい。

秀秋は、矢を放った。

矢は一直線に飛んで、立っている子どもの背中に命中した。浅く突き刺さっていないことは、矢が揺れないのでわかる。二騎が少年のところへ、馬を飛ばしていった。

横転した少年は、すでに動かなかった。矢が背中から、心の臓へ突き抜けていた。少年は、死んでいる。にわかに雰囲気が暗くなり、口をきく者もいなかった。

一同はあちこちにすわり込んで、衝撃のために頭《こうべ》を垂れている。秀秋だけが何事もなかったように酒を飲み、毒見のすんだ弁当に箸をつけていた。

ご主人さまは、人が変わった。人間の血を求める怪物のように、誰だろうと手にかける。いまに自分たちも殺されるのではないかと、家臣たちは暗澹《あんたん》たる気持ちになりつつあった。

確かに、秀秋はどうかしている。機嫌よく酒を飲んでいるときは、笑顔さえ見せる。それが、ちょっとしたことから別人になる。それもただ怒るのではなく、相手を殺さなければ気がすまない。

まるで妖怪のように変身して、さしたる理由もなく人を殺したがる。しかも農家の娘、宿直の小姓、七歳の少年と相手構わずだった。そのうえ秀秋の残虐行為は、間隔を縮めて繰り返されるようになっている。

七歳の少年を射殺《いころ》したという報告を受けたとき、重役たちはこぞって顔を強ばらせた。一時的なことだろう、放置しておけばいまに収まる、という期待を棄てなければならなかったからである。

今度こそ結論が出るまで、対策を協議しなければならない。急遽、重臣たちは中庭に面した書院に集まった。黒書院とか白書院とか公式の部屋ではなく、ただの書院造りの広間であった。重臣たちの密議に、よく利用されている。

表向きでも奥向きでもないので、いきなり秀秋が現われることはない。したがって、秀秋に話を聞かれる心配はない。長廊下もないし、三方が中庭に接しているから、無用の者がこの書院に近づくことはない。

○稲葉佐渡守正成。

稲葉正成は、美濃国（岐阜県）本巣郡十七条に生まれた。林政秀の子である。近くには、稲葉一鉄の曾根城があった。林政秀の十七条城と曾根城は、しばしば合戦に及ぶ。

だが、いつまでたっても、勝敗が決まらない。これは無意味な合戦だと悟った稲葉一鉄は、林政秀と和睦することにした。和睦するには、親戚・姻戚関係になるのが最上の策である。

それで正成が、一鉄の子の重通の養子となる。以来、正成は稲葉姓を名乗る。のち太閤秀吉に仕え、犬山の陣に際し十四歳で初陣。和泉《いずみ》国（大阪府）千石堀の戦いで、武勇を認められ頭角を現わす。

四国や小田原の陣でも大いに奮戦し、正成はその存在を秀吉に知らしめた。文禄元年の朝鮮の役では小早川秀秋に属して、数々の軍功があった。

秀吉はそうした稲葉正成を高く評価し、五万石を与えて小早川秀秋の家老たることを命ずる。関ヶ原の合戦では徳川方に通じて東軍を勝利に導き、小早川家を五十一万石の大々名にした功労者のまま、稲葉正成は現在に至っている。

いまでも稲葉正成は、三十一歳にして小早川家の筆頭家老である。妻の福は後年に春日局《かすがのつぼね》となる。

○ 平岡石見守頼勝。

平岡頼勝は諸国を流浪したのちに、小早川秀秋に仕えた。小早川秀秋がまだ、北九州に領地を得ていたころのことである。

家康が秀秋と交わりを結んだ時期に、平岡頼勝は使者の役を務めた。それで頼勝は、家康にもよく顔を知られていた。

石田三成の挙兵に当たり、頼勝は求められて娘を人質として大坂へ送っている。その一方で頼勝は秀秋を、家康に味方するように熱心に説いた。

頼勝は家臣を江戸に遣わして、必ずや秀秋を寝返りせしめることを家康に言上させた。家康は、頼勝が忠節なりと喜んだ。

関ヶ原の合戦では先陣として突き進んだ平岡勢が、大谷刑部吉継の陣地を攻めた。平岡勢は大谷勢一千余を討ち取り、大谷刑部も自殺した。

このため西軍は総崩れとなり、東軍に大勝利をもたらした。家康は頼勝を召して、最高の功労者であると称賛した。

秀秋に備前・美作（岡山県）を賜わったが、家康は頼勝にも備前小嶋の三万石を与えた。また家康は秀秋に、頼勝を家老として重用せよと命じた。

平岡頼勝、四十二歳にして家老。

○杉原紀伊守重治。
杉原家は、豊臣家の譜代《ふだい》である。まず杉原家次が豊臣家に仕えて、山崎の合戦ののちに福知山城主になっている。

翌年の賤ヶ獄《しずがたけ》の合戦でも輝かしき戦功があり、杉原家次は三万二千石坂本城を与えられた。押しも押されぬ秀吉の重臣であった。この杉原家次の娘が、小早川秀秋の実母なのだ。

つまり小早川秀秋の実の父はねね（北政所）の兄、実の母はねねの従兄の娘ということになる。

杉原家次は、天正十二年（一五八四）に他界した。杉原家次の子の長房は、浅野長政の婿になっている。そのために同じ杉原一族の重治が、家次の跡を継いで豊臣家に仕えたのだ。

杉原重治は、気骨者だが武将向きではない。頑固な正義漢で、清廉潔白を重んじる。それに調査と文書作成の才能を買って、秀吉は重治を奥右筆《おくゆうひつ》にまで取り立てた。

次いで秀吉は重治に、小早川秀秋の付家老を命ずる。付家老というのは幕府から親藩に、大名の本家から分家に、監督と監視のために付けておく家老のことである。

以来、杉原重治は今日まで、小早川家の実直な付家老でいる。二万石、四十六歳。
○松野主馬入道道円。
松野道円は、槍の名手にして豪傑であった。古くから小早川隆景に仕えて、生死をともにしてきた。いわば旗本であり、隆景のいるところに必ず道円の影があった。

小早川隆景は、合戦しか知らない猛将だった。松野道円も、戦うだけが生き甲斐の荒武者である。両者ともに、戦場を駆けめぐることを人生としていた。

主人と家臣であると同時に、両者は戦友同士でもあった。小早川隆景が過去を振り返れば、そこには戦う二人の勇姿が描き出された。松野道円の思い出は、馬首をそろえて敵陣へ突っ込む二人の猛進に満ちていた。

文禄五年（一五九六）小早川隆景は五大老のひとりに任ぜられるが本領を養子の秀秋に任せ、おのれは致仕《ちし》（隠居）して備後（広島県）の三原城に住む。

このとき大半の譜代の臣が、隆景とともに三原城へ移った。しかし、隆景は松野道円に秀秋のことを頼むと、懇願したのである。秀秋の付家老になってくれと、隆景は頼み込んだのだ。

拒否できることではないので、道円はそれを引き受け三原城へ向かうのを諦めた。翌年、小早川隆景は関ヶ原の合戦も知らずして、三原城で急死した。

それからの松野道円は、秀秋の付家老でいる。一万五千石、五十歳。

○　村山越中。
小早川秀秋が、丹波亀山十万石を襲封したときからの家臣。いまでは、重臣の扱いになっている。杉原重治と、険悪な仲にある。

一千五百石、三十八歳。

○　滝川出雲。
織田信長に仕えていたが、のちに柴田勝家に味方したために秀吉の勘気を受ける。許されてからは秀吉、秀長、家康の麾下となる。関ヶ原の合戦では、家康に従っている。

備前・美作を得てからの小早川家へ、重臣として送り込まれている。しかし、役目は家康の密偵と、大して変わらなかった。

二千石、三十四歳。

○　河田八助。

備中（岡山県）加茂潟の細川氏の出である。百人力という剛の者で秀吉の小田原攻めの際に、豊臣方の手の者として大力を発揮、大活躍を演じたことで一躍有名になった。のちに、小早川家に仕える。

二百石の鉄砲頭、三十九歳。
○　蟹江彦右衛門。
百五十石の鉄砲頭、三十五歳。
○　伊岐遠江《とおとうみ》守真利（と自称するも本名は市野惣大夫実利）
棒術、槍術、弓術、柔術、水練の達人なりと売り込み、北九州時代の小早川家に仕官する。ただし、関ヶ原の合戦で優れた武術を、見せつけたという記録はない。

それにもかかわらず五百石で、小早川家の武術指南役を務めている。年齢不詳。


書院に集まったのは、以上の九人であった。声をかけたが、姿を見せない者もいる。主君を糾明する会合となると、尻込みをする人間がいても仕方がない。

それで集まった顔触れが、何となくバラバラに感じられる。家老と重臣は欠席できないが、鉄砲頭や武術指南役が出席するのは、やはり力を頼りにしてのことだろうか。

「もはや、御酒のせいとは思えぬ」

稲葉正成は、目を半眼に閉じている。

「さよう。いかにお酔いあそばされておいでても、相手が童とおわかりであれば矢を射かけたりはなされますまい」

杉原重治が、深くうなずいた。

六

秀秋は、大酒呑みになった。酒なしでは、夜も日も明けない。一日を、酒浸りで過ごす。そうなってから秀秋は粗暴な振る舞い多く、やたらと狂ったように人を手にかけたがる。

単純に判断すればやはり酒の勢いだと、誰しも考えたがる。しかし、稲葉正成も杉原重治も、酒のせいではないと言いきった。それにあっさり同調する気になれないので、全員が沈黙している。

「御酒のせいなれば、御酒を控えていただくことで、かつての中納言さまにお戻りになられるであろう」

「先日、百姓の娘をお手にかけられた際も、中納言さまはさほど御酒を召されておいでではなかったと聞く」

「昨日の件にしても、お酔いあそばされておいでならば必ずやお手もとが狂う。矢は的を大きくはずれたはずにござろう」

「しかし、矢は狙い違《たが》わず童が背中より、心の臓を射抜いておったという」

「それは中納言さまがさほど、お酔いではなかったからではあるまいか」

「御酒が中納言さまのお人柄を、お変え申したことは間違いなかろう。されど、御酒がすべてではござらぬ」

「ほかにも、中納言さまの御心を乱すことがおありなのだ」

稲葉正成と杉原重治が、酒のせいばかりではないことを力説した。

「その御心を乱すものとは何か」

松野道円が、重そうに唇を動かした。

「それが明らかなれば、われらも頭を抱え込むことはない」

平岡頼勝が、苦笑した。

「物の怪《け》に、取り憑かれたのではございませぬか」

鉄砲頭の河田八助が、遠慮がちに発言した。

「妖怪なればその正体、それがしが立ちどころに見破ってご覧に入れる」

自称武術の達人、伊岐真利こと市野実利が胸を張った。

「西大寺観音院の祟りではございませぬか。観音院にて殺生の禁を破られて以来、中納言さまのお人が変われたと聞いておりますが……」

もうひとりの鉄砲頭、蟹江彦右衛門が松野道円へ目を向けた。

「さように、受け取れぬこともない。広谷の橋の袂《たもと》に忽然と老僧が現われ、仏罰が下ったのじゃ、汝をこの世の者はこぞって日本一の裏切者と嘲りおるぞ、驕りを捨て行いを慎しむがよいと、中納言さまに向かい言い放った」

松野道円は、そのように応じた。

「どうしたことか馬が暴れ出し、中納言さまはご落馬の憂き目に遭われたそうで……」

「いかにも日本一の裏切者と老僧が申したることは、中納言さま御心にグサリと突き刺さったに相違ない。その一語が一刻もお忘れになること叶わず、中納言さまにはお苦しみあそばされておいでにござろう」

「それが西大寺観音院のお怒りではございませぬか」

「彦右衛門、考えてもみよ。いかにお怒りになられようと観世音菩薩が、殺生をお望みになろうか。中納言さまが血に餓えたごとくに、次々と人命を奪われることを、観世音菩薩がお喜びになろうか」

「確かに慈悲深き観世音さまの祟りなるものは、耳にしたことがございませぬ」

「更に日本一の裏切者だが、敵味方入り乱れての大がかりなる合戦には、裏切り、寝返りが付きものじゃ。さようなことに心悩まされ、罪なき者どもを片端からお手討ちに致されるようでは一人前の武将とはとても申せまい」

　歴戦の勇士である松野道円の言葉には、重みが感じられた。

「ははあ」

　蟹江彦右衛門は、恐れ入って引き下がった。

「さて、いかが致すべきか」

　平岡頼勝が、一座を見渡した。

「中納言さまには恐れ多きことだが、ご正気とは思えぬ」

　稲葉正成は、無表情であった。

「御乱心にござるか」

　平岡頼勝は、ギクリとなった。

　ほかの者たちも、一様に驚きの目を見はった。

「御乱心とまでは参るまいが、中納言さまは御心に深手を負うておられる。われらがなすべきはまず、深手を負うておられる中納言さまのご心中を、覗き見ることにござろうな。そのうえでお諫め致すべきことあらば、われらが厳しくお諫め申し上げる。ほかに、手立てはござるまい」

　稲葉正成は、あくまで冷静であった。

「されば、どなたが罷《まか》り出るか決せねばならぬ」

平岡頼勝が、いちばんの難問に触れた。

秀秋と対面のうえ、諫言するのは何者か。最も重く、恐ろしい役目であった。誰だろうと、一同は何とも言えずに、黙り込んでいた。

だが、視線は自然に稲葉正成、杉原重治、松野道円に集まっている。稲葉正成は筆頭家老、杉原重治は太閤秀吉からの付家老、松野道円は小早川隆景からの付家老である。

それならば当然こうした場合は、常識的に三人が秀秋と話し合わなければならない。その点を心得ている稲葉、杉原、松野の三人は顔を見合わせた。

さっそく三人の名前で、お目通りを願い出る。日を追うに連れて秀秋は、難しくて真面目な話を嫌うようになっていた。特に家老たちを、敬遠する。

それで十中八九まで、ならぬという答えが返ってくることを覚悟していた。ところが意外にも、いまから目通り許すという返事があった。その代わり、中奥《なかおく》の御座之間へ参るようにと指定された。

中奥は、秀秋の公邸と私邸を兼ねている。しかし、公務に目を向けなくなった近ごろの秀秋にとっては、公邸でなく完全に私邸になっている。そうした中奥の御座之間にいるとなれば、秀秋が何をしているのかおよその見当はつく。

三名は、御座之間へ出頭した。御座之間には上段、下段、次の間がある。果たして御座之間の上段で、秀秋は盃を傾けていた。赤いのを通り越して、秀秋の顔色は青白くなっている。

昨夜の酔いが残っていて、朝から迎え酒を始めた。そのまま真っ昼間のいまになっても、飲み続けているのだろう。酔った秀秋と話をしたくないと思っていた稲葉正成は、最初から失望していた。

御座之間の上段には太刀持ち、酌をする小姓、御膳所《ごぜんどころ》の小姓がいるだけで、秀秋には話相手もいない。小姓たちは、緊張した面持ちでいた。

秀秋がいつ機嫌を損じ、無理難題を吹きかけたり、乱暴をしたりするかわからないからだ。稲葉正成が中央に、杉原重治と松野道円が両側にやや下がって着座する。まずは、平伏である。

「面《おもて》を上げよ」

秀秋から声がかかって、三名は上体を起こす。

「ご酒興の妨げと相成りまするを承知のうえで、中納言さまに申し上げたき儀がございまして、三名の者打ちそろって参上いたしました」

稲葉正成が、口を開いた。

「さようか」

秀秋は笑いもせずに、稲葉正成のほうをジロッと見る。

「つきましては、お人払いが願わしゅう存じます」

稲葉正成は密談にしたほうが、秀秋のためによかろうと思ったのだ。

「人払いは、余が申し付ける。そのほうの指図は、受けぬわ」

だが、秀秋のほうは不快そうに、人払いを拒否した。

「されば、聞こえても構わぬと仰せにございますな」

稲葉正成は、いささか頭にきていた。

「聞かれて困るようなことは、余にないのじゃ。苦しゅうない、大声を張り上げるがよい」

秀秋は盃の酒を、一気に飲み干した。

「中納言さまは昨日の放鷹にて、五郎太と申す童を矢の的になされたそうにございますが……」

「おお、さようなことがあったのう。余が鷹を追い払わんと致した者がおったゆえ、矢を射かけたのじゃ。矢に心の臓を射抜かれ、童はその場にて落命致したと聞く」

「中納言さまにはその童を、哀れと思し召されませぬのか」

「弓矢を用いようとも、あれは手討ちと変わらぬ。手討ちに致したる者を、いちいち哀れと思うかのう」

「五郎太の住まいの一帯には、怨嗟の声が満ちておるそうにございます。御領主は、鬼か蛇かと……」

「さよう。余は、鬼か蛇なるぞ」

「先日、お手討ちにされた百姓の娘も同様にございます。村人どもはこの恨み忘れまじと日々、社《やしろ》に集い誓いを立てておるとのこと。また先夜お斬り捨てになられました石垣宇之助の身内一族は、かような地獄に住んではおられぬと一同打ちそろって、備前国より立ち退きましたそうにございます」

「余のことを悪《あ》しざまに申す者どもは、ひとり残らず手討ちに致してくれるわ」

「中納言さまには何ゆえ、それほどにお手討ちを好まれるのでございますか」

「さて……」

「かつての中納言さまにはさような荒々しさを、お見受け致すことが叶いませんでした。中納言さまは明らかに、お人がお変わりあそばされました」

「余は殺生を、好むようになったのじゃ」

「西大寺観音院にて殺生の禁を破り、それを行きずりの老僧に咎められしとき以来のことではございませぬか」

「それは、余にも分別がつかぬ。あのときのことを振り返れば、背筋が冷たく相成るが、それを超えたるかかわりはあるまい。それよりも立腹致したとき、酩酊がすぎたるとき、夢に魘されたときに、余は無性に人の命を奪いたくなる」

「そのことにつきましては、是非とも改めていただかねばなりませぬ」

「愚かなことを、申すでない。余は人の命を奪い血を見ることを、やめるつもりは毛頭ないぞ」

「まずは御酒をお断ちあそばされることから、始めていただきたく存じます」

「話にならぬ」

「さもなくば、五十一万石が危うくなりましょう」

「五十一万石など、いかになろうと構わぬ。そのほうどもが忠義面の諫言を聞くよりも、よほどマシじゃ！」

秀秋はいきなり、稲葉正成に向けて盃を投げつけた。

「さようにございますか」

盃を軽く躱《かわ》してから、稲葉正成は口を噤《つぐ》んだ。

もう、何も言う気がしなかった。秀秋は乱心者と、さして変わらない。そんな秀秋を相手にしても仕方がないと、稲葉正成の胸の中には空洞が生じていた。

七

稲葉正成の胸の空洞とは、一種の愛想尽かしであった。

主が主らしからずとも、臣は臣たるべし。いかに暗愚な主君だろうと、家臣は一命を投げ出さなければならない。忠義こそが、武士の第一の規範である——。

こうした本物の忠義が君臣を結ぶ強い絆になるのは、今後の江戸時代のことであった。いまはまだ戦国の気風がそのまま残り、忠義に関する儒教の影響も大きくはない。

武勇というものが、仕官の第一条件になる。戦国大名は歴戦の勇士、優秀な武将を家来に欲しがった。次いで求めたのは、学問も知恵も十分な軍師とか外交官とかである。

そのうえ、長年の譜代の家臣というものが少なかった。主人となる者が禄高を示し、それに納得すれば家臣として仕える。そうでなければ本来の主君から請われて、無理やり別の主人に仕える。

忠義という絆で結ばれる君臣と違って、雇い主と雇われ人の関係に近い。忠義、忠節、誠意、真心、情愛といった心にどこか欠けていたとしても仕方がない。

稲葉正成も、もともとは秀吉の家臣である。秀吉は、稲葉正成の勇猛ぶりを高く買っていた。稲葉正成は天下人たる秀吉の家臣でいることに、夢と誇りを持っていた。これが、ほんとうの主従だった。

ところが、稲葉正成は秀吉から欠点だらけの秀秋を助けて、何とか面倒を見てやってくれと、その気もないのに家老として小早川家へ送り込まれた。秀吉の命令には背けないから、稲葉正成はいやいや引き受けたようなものである。

これでは、本物の主従になれない。秀秋と稲葉正成は初めから、雇い主と雇われ者の関係にあったのだ。稲葉正成が秀秋に対して、絶対的な忠誠心を抱けなかったとしても仕方がない。

もちろん秀秋を裏切るような悪心を抱いたり、不忠を働いたりするつもりはない。だが、無条件で秀秋のために死のう、という気持ちにはなれない。

稲葉正成は冷徹な目で、秀秋を客観視している。したがって秀秋の愚かで無分別な一面を見せつけられると、稲葉正成は嫌悪感や絶望感を覚え、愛想尽かしもしたくなるのである。

そうした稲葉正成に比べたら、杉原重治のほうが忠義者だった。杉原重治は秀秋と岡山五十一万石のためを思って、必死になっている。

故太閤秀吉から命ぜられた付家老、という責任感も強い。そのうえ、頑固一徹であった。何としてでも秀秋を諫めようと、杉原重治はそう簡単に引き下がらない。

「中納言さまにはこのままわれらに、素知らぬ顔でおれと申されるのでございますか」

杉原重治は、膝を進めた。

「余が勝手に致す。そのほうどもの知ったことではない」

秀秋は、横を向いた。

秀秋と杉原重治は元来、性が合わないのだ。稲葉正成と違って、杉原重治にはあっさりしたところがない。頑固で真面目だから、どうしても執拗である。

そういう杉原重治を、秀秋は以前から嫌っていた。小うるさい付家老の存在が、そもそも秀秋は気に入らない。それで杉原重治がしゃしゃり出ると、とたん秀秋はいやな顔になる。

「そうは、参りませぬ。このままでは、取り返しがつかぬ大事と相成りましょう」

杉原重治は、口調も厳しい。

「そのほうも岡山五十一万石危うしと、案じておるのか」

秀秋は、せせら笑った。

「五十一万石は、中納言さまおひとりのものではございませぬ。仮に五十一万石を失うことと相成りますれば、家臣とその一族もまた路頭に迷いまする」

「五十一万石は、余のものじゃ。家臣のことまで案じておられぬわ」

「何と、お情けなきお言葉」

「そのほうどもはしきりと五十一万石危うしと申し立てるが、ちと考えがすぎるのではないのか」

「先刻、佐渡（稲葉正成）どのも申し上げましたが、領民の怒りと恨みが広まれば必ずや国の乱れを招きまする」

「政事《まつりごと》は、そのほうどもに任せてあるのではないか」

「領民の怒りや恨みは、政事をもって鎮まるものではございませぬ。ご領主さまに対し奉り不信の念を抱き、敬いの心を捨て去るためにございまする」

「恐るるに、たらぬことよ」

「更に恐ろしきは、天下に広まる風聞にございます。百姓の娘の首を刎ねられましたること、童が心の臓をば矢をもて射ぬかれましたることは、ここ数日のうちに近隣諸国に伝わりましょう」

「たかが噂、取るにたらぬことじゃ」

「その噂、いつしか天下に広まります。諸侯は、いかように仰せになりましょう。金吾中納言（秀秋）どのには、だいぶ荒れておられるようじゃ、備前・美作の二国を治めるのは荷が重すぎるのであろう、と諸侯はかように取り沙汰を致されること必定にございまする」

「紀伊（杉原重治）は、余を愚弄致すのか」

「いいえ、われらは天下に広まる風聞を、恐れておりまする。それに加えて内大臣（家康）さまのお目が光っておられることを、お忘れあそばされてはなりませぬ」

「内府（家康）さまがお耳まで、風評が伝わると申すのか」

「いかにも」

「たわけたことを、申すでない。五十一万石を余に賜わったのは、内大臣さまではないか」

「内大臣さまには近々、征夷大将軍の御宣下《ごせんげ》をお受けあそばされます。内大臣さまはそれを機に、国の統治を怠る大名は容赦なく取り潰すと、仰せられたそうにございます」

「さようなことは、案ずるに及ばぬ。関ヶ原の合戦にて、東軍を勝たしめたるは余の功績によるる。その恩人にも等しき余を、五十一万石お取り潰しなどと内大臣さまが、おろそかに扱いあそばされるはずがあろうか」

「小早川家に万が一のことあれば、太閤殿下に申し訳が立ちませぬ」

「太閤殿下などすでに三年前に、黄泉国《よみのくに》へ旅立たれた。もはや付家老に、こだわることもあるまい」

「それがしがこの世におります限り、太閤殿下の御遺命は守らねばなりませぬ」

「なれば、勝手にせい。それよりも、紀伊のくどくどしき諫言に飽いたぞ。そのほう、下がるがよい」

「中納言さまには本日より御酒をお断ちあそばされ、ゆえなくしてのお手討ちはお控えくださ
れますように……」

杉原重治も立腹しているので、どうしても押しつけがましい言い方になる。

「そのほう、余に命じるのか」

秀秋の目つきが、異様に変わった。

「何事も、お家のためを思うてのことにございまする」

かなり感情的になっていて、杉原重治は頭を下げようともしなかった。

「それほどの忠義者なれば、この場にて腹を切れ。余が介錯《かいしゃく》を、致して遣わす！」

秀秋は太刀持ちの小姓から、太刀を奪い取った。

「そこまで仰せになられるならば、それがしも正直に申し上げます。内大臣さまが黒田如水入道さまにいかなること仰せになられたかを、中納言さまにはご承知でございましょうや」

杉原重治は、顔を真っ赤にしていた。

「知らぬ！」

秀秋は、立ち上がっていた。

「金吾中納言は、五十一万石を任せられる器にあらず。一万石が、せいぜいなり。かように仰せになられて、内大臣さまと如水入道さまは、呵呵《かか》大笑なされましたぞ」

爆発した杉原重治の怒りが、最も秀秋を傷つける秘話を暴露させた。

「おのれ、許せぬ!」

秀秋は、抜刀した。

太刀持ち、お酌役、御膳所の小姓が、御座之間から逃げ去った。秀秋は太刀を中段に構えて、杉原重治に迫った。杉原重治はすわったまま、手刀で秀秋の右腕を打つ。

秀秋の右腕は痺れて、ポロリと太刀を取り落とす。稲葉正成も松野道円も、立ったりせずに元の位置に正坐していた。三人とも、泰然自若としていた。

「お怒りに任せて付家老をお斬り捨てあそばされたとなれば、只事では相すみませぬぞ。即刻、小早川家はお取り潰しと相成りましょう」

松野道円は、眼光鋭く秀秋を見上げた。

「われらは小早川家の家老たる者として、御主君のご乱行をお諫めに参ったのみにございます。これよりのちのことは、中納言さまがご裁量にお任せ致すほかはございませぬので、これにて御無礼をつかまつりまする」

稲葉正成は、依然として無表情だった。

三名は一礼して席を立つと、小腰を屈めた姿勢で後退を続け、御座之間の上段から退出した。それを秀秋は、茫然と見送った。太刀を拾うことも、秀秋は忘れていた。

稲葉、松野、杉原はいずれも、百や二百の敵を相手にしようとビクともしない武将だった。もちろんそれは数年前までのことで、いまでこそ武官から文官になっているが、百戦錬磨の武将としての胆力、腕っぷし、威圧感は少しも衰えていない。

それを初めて見せつけられて、秀秋は完全に圧倒されたのだ。これまでは家老であろうと、あくまで家臣にすぎないと甘く見ていた。だが、連中を怒らせたら下手に手出しができないということを、秀秋は思い知らされたのであった。

とはいえ、それと反省は別物である。秀秋は家老たちに、降参したわけではない。秀秋の乱行は、病気のように習性になっている。自制したり萎縮したりと、秀秋の意のままになることではなかった。

秀秋には家老たちの諫言を、受け入れる気持ちが毛頭ない。最初から最後まで、聞く耳持たぬで通した。むしろ反発して、家老たちに敵意を抱いた。今後、何を諫められようと、相手にならず無視してやろうと秀秋は決めた。

その日から、秀秋は浴びるように酒を飲んだ。家康が、秀秋など五十一万石の大名の器ではなく一万石がせいぜいと嘲笑したという無念さが、もうひとつ増えたためである。

日本一の裏切者でありながら、一万石がふさわしい小器――。このことが秀秋は、どうしても忘れられなかった。秀秋はひたすら、酔っぱらうしかなかった。

五日後、泥酔した秀秋は奥向きの寝所へ、香乃《かの》という女を招いた。香乃は十七歳で、無類の美人だった。身分の低い女であったが、秀秋は香乃を寵愛していた。

側室には違いないが、身分の関係で権力は持たされていない。お手付きであることを知らない者はいないが、公務として香乃は単なる侍女という立場にあった。

急なお召しということなので、香乃は大急ぎで湯浴みをすませ秀秋の寝所へ向かった。秀秋は寝所で、いまだに酒を飲んでいた。

八

何しろ、泥酔している。そのうえ、待たされた。秀秋はわざわざ立ち上がって、泳ぐように香乃に近づいた。

「何を、致しておった」

秀秋は、香乃に抱きついた。

「急なお召しでございましたので……」

香乃は、白一色の寝間着姿になった。

「待ち遠しかったぞ」

秀秋は、香乃を抱き寄せようとする。

だが、ひとりでは立っていられないほど、足もとがおぼつかない。秀秋はふらふらしながら、逆に香乃にもたれかかる。香乃は秀秋の重みに、押し倒されそうになる。

「あれ」

香乃は、のけぞった。

その拍子に香乃の両手が、前に突き出される。それに押される格好で、秀秋は尻餅を突いたうえに横転した。

「おのれ、余を突き飛ばしおって……！」

秀秋は、カーッとなった。

「いいえ、お上《かみ》を突き飛ばすなどと恐れ多いことが、どうして叶いましょう」

香乃は平伏して、何度も頭を下げた。

「余を嫌《きろ》うてのことであろう！」

秀秋は、太刀を手にした。

「もったいのうございます」

香乃は、泣き出していた。

「いまさら、余が厭《いと》わしいとは言語道断！　不埒《ふらち》な女め、許せぬ！」

秀秋は、太刀を抜き放った。

香乃は、秀秋の寵愛《ちょうあい》を受けている。これまでに何度も、夜伽《よとぎ》を務めていた。香乃が秀秋のお手付きであることは、城中に知れ渡っている。そうした香乃が男と密通することを、許されるはずはない。

したがって、香乃が秀秋を嫌う理由はない。香乃が秀秋を拒んで、突き飛ばすといったことはあり得なかった。香乃は抱かれることを喜んで、秀秋の寝所へ飛んできたのだ。

この時代に、主人のお手が付くのを厭う女はいなかった。主人の子どもを生めば大変な栄誉であり、出世としあわせへの道が開けるのであった。

以上のようなことは百も承知でいながら、秀秋はそんな判断力も失っていた。泥酔と頭に血がのぼったことが、香乃への憎しみだけに凝縮される。

前後の見境もなく、香乃を殺したい、殺生をしたいの一心である。一時的に、正気を失うといってもいいだろう。理屈抜きに、人を殺したくなる病気であった。

秀秋が白刃を手にしているのに気づいて、香乃はびっくり仰天した。秀秋の両眼が、殺意のために不気味に光っている。泣いているどころではない。香乃は、秀秋の寝所を飛び出した。

香乃は、長廊下を駆け抜ける。秀秋も驚くほどの速さで、あとを追ってくる。香乃は、能舞台の近くに迷い込んだ。舞台前廊下の板戸に全身で突っ込んで、香乃は外へ転がり出た。

近くに夜遅くの能舞台が、シルエットとなって浮かび上がっている。背後に秀秋が立っているのを、香乃は察知した。激しい息遣いが聞こえてくる。

「手討ちにしてくれる」

秀秋の声には、妙に張りがあった。

「何とぞ、お許しを……」

振り返らずに香乃は両手を合わせたが、もうどうにもならなかった。

「ええい！」

秀秋の気合が、闇を引き裂いた。

血しぶきとともに、香乃の白い首が地面に転がった。秀秋はすぐに、その場を立ち去らなかった。しばらくは香乃の首と、首を失った死骸をしみじみと眺めやっていた。

翌日、香乃どのお手討ちが知れ渡って、城中は愕然となった。香乃が秀秋のお召しを辞退したためという噂もあったが、そのようなことを本気にする者はひとりもいなかった。秀秋が寵愛する香乃をなぜ手討ちにしたのか、これは誰にも解けない謎だった。

またしても、四人の家老が集合することになる。しかし、相談にはならないし、話し合うこともなかった。稲葉正成は終始、無言であった。

杉原重治は、怒りの色を隠せずにいる。松野道円は、眠たそうな顔でいた。平岡頼勝は、溜め息ばかりついている。雑談にもならずに、あたりは静かであった。

秀秋は朝から、またしても酒を飲んでいるという。ただ暗く沈んだ顔でいて口数も少なく、周囲の者たちに話しかけることがないそうである。

朝になってしばし正気に戻ったとき、さすがに香乃を殺したことにショックを感じたのだろう。香乃がこの世にいないのが寂しく、手討ちにしたことをちょっぴりでも悔いたのに違いない。

その寂しさや後悔の念を誤魔化すために、秀秋は大酒を食らう。そしてまたもや、元の秀秋に戻る。そうとわかっていれば、考えるだけでもうんざりする。建設的な意見など、出しようがない。

「この城も、暗雲に包まれておるようにござる」

平岡頼勝が、ようやく口をきいた。

「さよう。雨の日は殊更、気味の悪い眺めと相成る」

松野道円が、そう応じた。

岡山城は、下見板張りで壁面全体を統一した。黒の美しさを誇ったつもりなのだろうが、何とも陰気で暗い印象を与える。黒い城なので一名、烏城《うのじょう》と呼ばれている。

曇天や雨の日には、岡山城下の住民さえ薄気味悪さを覚えるという。白鷺城に称される姫路城と、まことに対照的であった。いまは外観のみならず、岡山城内まで陰惨な雰囲気になっている。

「この岡山の城も、金吾中納言さま一代限りにござろうな」

平岡頼勝が、悲観論を述べた。

金吾とは諸役の唐名で、秀秋は公式には金吾中納言と呼ばれていた。

「お気の早いことを、申されるな。小早川家の存続を図《はか》ることこそが、われら家老職のお役目ではないか」

杉原重治が憤然となった。

「お言葉ではござるが、このままでは中納言さまが御乱行、際限なく続くことと相成ろう」

「それを何とかお諌め申し上げ、御心を入れ替えていただくことが肝要」

「とても、われらが手には負えますまい。それまでにはこの鳥城が血に染まり、赤い城に変わっておりましょうぞ」

「何を申される」

「それ以前に諸国に知れ渡った中納言さまが御乱行、必ずや内大臣さまのお耳にも達しましょうな」

「それを何としてでも、防がねばなるまい」

「いっそのこと中納言さまの御乱行につき、内大臣さまにお訴え申し上げてはいかがにござろう。内大臣さまのお怒りが中納言さまには、このうえなき良薬ゆえ……」

「平岡どのには、小早川家のお取り潰しをお望みか」

真面目な杉原重治は、本気になって怒っている。

「いや、それがしは効き目のある良薬を、求めておるのにすぎぬ」

平岡頼勝は、気まずい顔になった。

「しつこいようだがいま一度、中納言さまをお諫め申し上げて参る」

杉原重治は、席を蹴って部屋を出ていった。

お目通りを願い出ることもなく、杉原重治はいきなり御座之間へ乗り込んだのだ。秀秋は御座之間で酒を飲んでいたが、杉原重治の姿に気づくと逃げるように奥へ消えてしまった。

目通り叶わぬどころか、杉原重治の顔を見たくなかったのだろう。杉原重治の諫言や説教はいっさい受けないという拒否の態度を見せつけたのだ。杉原重治もむなしく、引き揚げるほかはなかった。

内大臣——徳川家康は、そのころ京都にいた。

天下を平定した家康は、戦後処理に多忙を極めた。全国的に多くの施策を打ち出し、その実現のために家康は八面六臂の活躍を続けた。天下泰平を世の中に実感させ、人心の安定を計るには特に京都の繁栄が必要であった。

そのために家康としては珍しく、京都滞在が長引いたのである。

伏見城は関ヶ原の合戦の前哨戦で、その大半を焼失している。しかし、家康は戦後直ちに、伏見城の復旧を命じた。わずか半年で復旧が成り、慶長六年の春に伏見城は新たに完成したのである。

家康は多くの兵を近辺に展開させると、新しい伏見城へはいった。

五月、家康は混乱している朝廷、親王、門跡、公卿などの領地を改めて定めた。

同じく五月、金剛峰寺の学侶《がくりょ》と行人《ぎょうにん》の二派による寺領争いに裁定を下し、寺中法度《じちゅうはっと》を制定する。

同じく五月、伏見に銀座を設置した。家康は豪商の末吉勘兵衛に命じ、この伏見の銀座で丁銀《ちょうぎん》、豆板銀《まめいたぎん》といった新しい貨幣を鋳造させた。

六月、佐渡の金山を幕府の直営とすることを命ずる。

同じく六月、釜山で朝鮮の代表と会見し、友好関係の復活を求めることを、対馬領主に命ずる。

同じく六月、近江（滋賀県）の膳所に城を築くことを、家康は諸大名に命じている。伏見城再建を急いだのも、膳所に築城したのも、大坂の豊臣が北上する可能性を、家康は考えに入れてのことだった。

八月、上杉景勝が伏見城で家康に拝謁し、改めて謝罪と降伏を表明する。家康は大いに気をよくしたが、上杉景勝の処罰は会津百二十万石から米沢三十万石への減封であった。

同じく八月、家康は板倉勝重を京都所司代に任命、実質的に京都を幕府の直轄にするとともに、公卿たちの動静を監視させた。

九月、家康は伏見に学校を創設し円光寺と名付け、足利学校の閑室元佶《かんしつげんきつ》を師として招いた。

十月、家康は安南（ベトナム）、ルソン（フィリピン）、カンボジアに友好関係と貿易を求める。これが、御朱印船貿易の始まりである。鎖国令が発せられるまで、無数の御朱印船が海上を走り、南国の各地に日本人町さえできたのである。

さて、その同じく十月――。

家康は一方で西国の諸大名を、伏見城に招集した。十月末日までに、伏見城に出仕せよという命令であった。何のために呼びつけられるのか、大名たちにはわからない。

当然、秀秋も諸大名の中に含まれている。さすがに、秀秋も緊張した。家康の前で、醜態を演ずることは許されなかった。秀秋はにわかに、行いを慎み、心身を清める人間になっていた。

いわゆる精進潔斎《しょうじんけっさい》するために、秀秋は出発の五日前から酒を断った。

筆頭家老の稲葉正成は、主人の留守を守らなければならない。それを補佐するために、松野道円も岡山城に残った。秀秋の行列はいかにも五十一万石の大名らしく、威風堂々と岡山をあとにした。

伏見で何が待つかはともかく、家老としては杉原重治と平岡頼勝が随行したのであった。

第二章　暗殺の決行

一

　無事に、大坂に到着した。

　諸大名はその大半が、大坂に自邸を所有している。小早川家の大坂屋敷も、太閤秀吉が健在だったころから、大坂城の近くに設けられていた。

秀吉の五大老に列した小早川隆景が使用していただけに、とても粗末な屋敷とはいえなかった。石田三成の謀叛にも関係がなかったので、小早川邸は立派なその姿を残していた。

翌日は、十月末日である。家康の命令は、十月末日までに伏見城に出仕せよとなっている。伏見城までの距離にかかわりなく、西国の大名全員が十月末日に勢ぞろいする。家康に同じことを、何度も言わせないためだった。

大坂から伏見までが九里（三十六キロ）、伏見から京都までが三里（十二キロ）である。諸大名は前日に、大坂から京都へ移動する。京都に分宿して翌十月末日の午《うま》の刻（十二時）に、諸大名は伏見城に登城《とじょう》した。

急造の大広間の両側に、西国大名が綺羅星のごとくに居並ぶ。何も華麗な姿でいるわけではないが、天下の大名が数十人も威儀を正して列を作ると、美しく輝く星のように見えるのだ。

ただし大名たちは、残らず緊張していた。家康が招集をかけたからには、何らかの注文があるはずであった。いったいどのようなことを仰せ付けられるのかと、大名とすれば不安なのである。

やがて、家康が正面の上段之間に現われた。太刀持ちの小姓と、京都所司代を命ぜられたばかりの板倉勝重だけを従えている。諸大名は、一斉《いっせい》に平伏する。

「堅苦しく、考えるではない。みなの者、面を上げよ」

家康は、着座した。

大名たちは、恐る恐る上体を起こす。家康は、人懐かしそうに笑っている。機嫌が悪いときの顔ではなく、その証拠に眼光が鋭くなかった。

「遠方より、大儀であった。そのうえ、久しぶりに顔を合わせる者も少のうない。これより一同が、余に謁《えつ》するを許すぞ」

家康の威光は、天下人らしく大したものだった。

余に謁するを許す——。お目にかからせてやると、自分で言うのだ。大名はひとりずつ前へ進み出て、感謝の言葉と家康の健康を祝す挨拶を述べるのであった。

「達者で何よりじゃ」

「江戸で、ゆるりと会いたいのう」

「四国は雨が多いと聞き、案じておったわい」

「熊本城はたいそう立派な石垣を、築き上げたそうな」

「筑前の流行病《はやりやまい》はその後、いかが相成ったかのう」

家康のほうからも必ず、質問を含めて話しかける。

いよいよ、小早川秀秋の番が来た。秀秋は型通り挨拶をすませたが、これまでの大名より家康とのやりとりがはるかに長くなった。家康のほうが、なかなか話をやめようとしないのだ。

「壮健で何よりと言いたところだが、さように申せば世辞に聞こえよう」

家康は、薄ら笑いを浮かべている。

「はっ……」

秀秋には、意味がわからない。

「壮健には、見えぬと申しておるのじゃ」

家康の目は、笑っていなかった。

「さようにございますか」

秀秋は仕方なく、そう答えるしかなかった。

「たいそう、顔色が悪い。骨が目につくほど、痩せておるようじゃ。金吾中納言は、病んでおられるのか」

「いいえ、病んで臥せることはいまだにございませぬ」

「されば、心を病んでおられるのに相違ない」

「心を病むとは、いかなることにござりましょう」

「悩み、苦しむことじゃ」

「さて……」

「岡山城の居心地は、どんなものにござろう」

「結構にござりまする」

「五十一万石の領国の統治に、手抜かりはあるまいな」

「ははっ」

「領主の無理難題、取り返しのつかぬ失政を、民百姓が恨む声も聞こえては参るまいな」

「ははっ」

「殺生あるいはすぎたる遊興を、慎しんでおられようかな」

「もとより……」

「中納言どのはいまだ若年ゆえ、余も度をすぎたる心添えを致さずにおられぬのじゃ。五十一万石が、重荷になるのではないのかとな」

「お心添え、かたじけのう存じまする」

「重荷となれば心を病み、政事がおろそかに相成ろう。さすれば必ずや、国乱れて民百姓が苦しむ」

「ご教訓、肝に銘じましてござりまする」

「されど中納言どのには、太閤殿下と小早川隆景どのに命ぜられた付家老もおることじゃ。余が、案ずることはなかろう」

「ははっ」

秀秋は、血の気を失っていた。

「生まれ変わったつもりで、秀秋を秀詮《ひであき》と改めてはどうじゃ」

家康は筆と紙を手にして、『秀詮』と書き記した。

「ありがたく、頂戴つかまつりまする」

家康に改名をすすめられて、秀秋がそれに逆らえるはずはない。

この日から秀秋は、秀詮と名を改める。秀秋は羽柴秀吉の猶子《ゆうし》（親戚からの養子）になったときに秀俊、小早川隆景の養子になったときに秀秋、そして今度は秀詮と三度も改名している。

だが、秀秋に関する史実や著作に、秀詮という名は使われていない。それで本書も煩わしさのためだけではなく、秀秋の名で通すことにする。

「中納言どの、顔色が失せておる。別室にて、休むがよい」

なぜか家康は、笑顔を取り戻した。

「せっかくのお心遣いながら、ご無用に存じまする」

秀秋は、自分の席に戻った。

秀秋が真っ青になったのには、三つの理由があった。第一に居並ぶ大名の前で恥をかかされたこと、第二に家康に好きなように馬鹿にされたことへの怒り、第三に評判の悪い行状を家康に知られているのではないかという恐れである。

四国は、雨が多かった。

熊本城は、立派な石垣を築いた。

筑前の流行病は、峠を越えたか。

と、家康は遠国のことを、よく承知していた。家康は全国に密偵として伊賀者を放ち、諸大名についての情報を集めているのかもしれない。もしそうだとしたら、秀秋もその対象となっている。

「殺生とすぎたる遊興を、慎しんでおろうな」

家康が特に、そう質問したのが不気味だった。秀秋には、否定できないことであった。殺生、深酒、荒淫、政治に無関心といった事実が、いまや家老どもとの深刻な対立点になっている。

家康はそれをすべて、耳に入れているのではないか。

杉原重治から聞いた話によると、家康は将軍宣下を機に無能な大名を容赦なく取り潰すそうである。また家康と黒田如水が、秀秋は五十一万石を任せられる器にあらず、一万石がせいぜいなりと嘲笑したという。

そのことの怒りは瞬時も、秀秋の頭から離れない。それがいま腹の中で火を噴き上げて、秀秋は腸《はらわた》が煮えくり返る思いだった。一万石がせいぜいの秀秋から、家康は五十一万石を召し上げる。そう思うと秀秋は不安と怒りに、身体の震えがとまらなかった。

とても、壮健には見えぬ。

心を病んでおるのだろう。

五十一万石の領国の統治に、手抜かりはないか。

領民の不満の声は、聞こえぬか。

秀秋は若年ゆえ、家康も何かと心添えを致さずにはおられぬ。

五十一万石が、重荷に相成るのではないかとな。

重荷となれば心を病み、政事がおろそかになり、必ずや国乱れて民百姓が苦しむことと相成る。

まあ優れた付家老もおることだし、余が案ずることはあるまい。

生まれ変わったつもりで、秀秋を秀詮と改めよ。

と、家康は言いたい放題であった。半ば本気であり、半ば秀秋をからかっているとしか思えない。決して忠告ではなく、家康は秀秋を愚弄したのだ。諸大名を前にして大恥をかかせる、という家康の秀秋いじめだったのに違いない。

大名たちも、どこか冷ややかであった。笑うようなことはないが、知らん顔でいる。秀秋を無視するように、表情を変えなかった。同情するほど秀秋に好意的な大名は、ひとりとしていないというわけである。

同じ大名であっても、やはり裏切者というのは不人気なのだ。秀秋の寝返りのおかげで、東軍が大勝したということとは別問題なのであった。人間の気持ちとして、日本一の裏切者となると自然に敬遠したくなるのだろう。裏切りの報酬として五十一万石を得たことも、諸大名の軽蔑を招くことになる。

秀秋から秀詮への改名も、人を馬鹿にしている。何ら意味もないのに、家康は改名を命じたのだった。しかも家康は、『生まれ変わったつもりで』と付け加えている。生まれ変わったつもりでという言葉は、前非《ぜんぴ》を悔いたり過去を捨てたりとの意味合いが強い。

家康は秀秋に、前非を悔いよと諭《さと》したものとも受け取れる。それとも秀秋という名は、縁起が悪いとでも思ったのか。いずれにしても家康は、秀秋の過去を消し去ることを望んだのだ。

無念なり――。

と、秀秋は胸のうちで、つぶやき続けていた。

ようやく大名全員との挨拶を終えて、家康は一息入れた。家康は疲れた様子もなく、京都所司代の板倉伊賀守勝重とひそひそ話を始めている。

大名たちは、じっと動かずにいる。私語も交わさないし、厠《かわや》（便所）へ立つこともない。これから西国大名を召集した目的、つまり家康の命令が下される。緊張するのは、当たり前であった。

しかし、秀秋の頭の中は、空っぽになっている。激しい怒りが、秀秋の思考力を麻痺させているのだ。秀秋はいまだに、真っ青な顔でいた。

別室には、各大名に随行した家老や家臣が控えている。大広間のまわりは家康の近習と、武装兵に囲まれていた。もし、そういう連中がひとりもいなければ、たったいま家康に斬りつけてやると想像ではあったが、秀秋はそこまで逆上していたのだった。

「これより内府（家康）さまのご沙汰がござりますゆえ、心して承《うけたまわ》り下されますように……」

板倉勝重が、口を開いた。

諸大名は、背筋を伸ばした。

「なに、大したことではない。気を楽に致して、耳を貸すがよい」

家康も姿勢を正して、大広間を見渡した。

大広間は水を打ったように、静まり返っている。

「西国の諸侯に、二条城の再度の築城を申し付くるものなり」

家康の声は、凛《りん》としていた。

大名たちは、身動きひとつしなかった。首を横に振ったり、うなずいたりすることはできないのだ。家康の命令には、絶対服従であった。

大したことではないと、家康は言った。だが、大名によっては、負担に苦しむことになる。たとえそうであっても、家康の一方的な申しつけを承るほかはないのである。

「申すまでもなく諸侯の禄高により、差し出すべき御用金と人足の頭数を定むべし。細かき事柄については明日、板倉伊賀との談合によるべし」

家康は、そのように続けた。

感情が胸と頭の中で波打っていて、秀秋は話の大筋しか理解できなかった。

「築城は新しき年を迎えて、取りかかるべし。城の普請に関しては、何事も板倉伊賀の指図に従うべし。余が諸侯に申し付くるは、以上のことである」

家康は座を立って、上段之間の奥へ姿を消した。

そのあと板倉勝重から大名たちに、明日は事務的な取り決め、明後日は酒宴、十一月五日には家康が伏見を出発して江戸へ引き揚げると、今後の予定が伝えられた。

大名たちは十一月五日まで京都にいて、家康を見送らなければならない。だが、秀秋は今日のうちに、大坂の屋敷へ戻る気でいた。

二

小早川秀秋の付家老、杉原紀伊守重治。小早川の家老、平岡石見守頼勝。

この二人は伏見城中の控えの間に詰めていて、家康の命令の大約《たいやく》を知ることができた。西国大名が総がかりで、二条城を再建せよということである。

二条城を築城したのは、織田信長であった。足利義昭が追放され室町幕府の滅びたのちの二条城は、二条御所とも呼ばれる御所として使われている。

ところが明智光秀の謀叛により、織田信長は本能寺で憤死。信長の長男の信忠は二条城に立て籠って戦うが衆寡敵せず、落城消失して灰燼《かいじん》に帰した。

三年後、関白となった豊臣秀吉は京都支配のための私邸として聚楽第の構築に着手、一方では妙顕寺を城らしく改築させた。それを秀吉は第二の二条城にするつもりでいたが築城に失敗、妙顕寺は粗末な仮城となって残った。

それで秀吉は伏見城を築き、次いで大坂城を完成させる。聚楽第は後年、養子の秀次を自刃に追い込み、翌年になって破却した。

それから更に六年後、徳川家康が二条城に着目した。京都と大坂へ同時に目を光らせる二条城こそ、徳川家の拠点に相応しいと家康は判断したのだ。

場所も、織田信長が最初に築いた二条城からそう遠くない。正面が堀川通り、北が竹屋町通り、南が押小路通りといったところに位置している。

東西五百メートル、南北四百メートルというさして広大ではないが、徳川の支庁となる二条城の造営を家康は計画したのである。そのために家康は板倉勝重を奉行に西国大名を総動員して、翌年からの着工を命じたのだった。

そんなお申し付けならばどうということはないと、平岡頼勝も杉原重治もひとまずホッとした。黄金と資材と労働力を提供すれば、それですむことなのだ。

それも小早川家だけに、課された負担ではない。西国大名が総力を挙げて、取り組む事業なのであった。最高権力者から工事を押しつけられることは、さして珍しくない時代だった。

しかし、同時に平岡頼勝と杉原重治は、秀秋が家康にこっぴどく皮肉と説教をまじえた批判によって痛めつけられた、という噂を耳にしなければならなかった。

秀秋は血の気を失い、放心状態でいたという。これには秀秋よりも、頼勝と重治のほうが青くなった。普通ではない秀秋が、それだけの衝撃に耐えられるとは思えない。このまま、何事もなくすむはずはなかった。

果たして、秀秋は青筋を立てていた。血走った目が異様であり、唇が震え続けている。紙のように白くなった顔が、怒りの形相をものすごくしていた。

さすがに伏見城を去るまでは、秀秋は無言でいたし暴れる様子がなかった。だが、宿舎にしている京都の縁者の邸宅につくと、秀秋の態度は一変した。

「大坂へ参る！」

　秀秋は、怒鳴った。

「大坂へ参られて、いかがなされます」

　杉原重治が、秀秋の前にすわり込んだ。

「気分を、変えるのじゃ！」

　秀秋はいきなり、重治の肩のあたりを蹴りつけた。

「京、伏見へは、お戻りにならぬおつもりにございますか」

　重治は、仰向けに引っくり返った。

「京、伏見は不快極まりない。さようなところに、寸刻もおられるか！」

　秀秋は太刀の柄に、手をかけている。

「それはなりませぬ。五日には内府さまが、伏見をご出立あそばされます。西国の諸侯は近江（滋賀県）の膳所まで、内府さまをお見送り致されることが決まっております。それを怠れば、ただではすみませぬぞ」

　重治は、必死に起き上がる。

「構わぬ！　かの者は余を辱しめて、悦に入っておった恩知らずよ」

「何を、仰せになられます」

「つべこべ申すな!」

「いまからでは、大坂ご到着が夜分になりますぞ」

「馬を走らせれば、夕刻にはつくであろう。馬の支度をせい!」

「あまりにも、ご無体な……」

重治は、がっくりと肩を落とした。

「そのほうは京に残り明朝にでも、余が急の病に倒れたゆえ大坂へ運び申したと、伏見城のかの者に伝えるがよい!」

荒々しい足どりで、秀秋は座敷を出ていった。

こうなっては、成り行きに任せるしかなかった。どう諫めたところで、耳を貸す秀秋ではないのだ。好きなようにさせて、あとは神仏にすがるより仕方がなかった。

大坂まではお供として、平岡頼勝と十名の近習が同行することにした。秀秋は通行人など無視して、馬を疾走させる。頼勝たちが、懸命にそのあとを追う。

十二騎は風が冷たくなった街道を、伏見、淀、枚方《ひらかた》、森口、大坂と走り続けた。なるほど大坂の京橋をすぎたときには、ようやく日が暮れかけていた。

大坂の屋敷についた。近習のひとりが、門の扉を叩いた。だが、どうしたことか、なかなか門番が扉を開かなかった。こちらは許しがなければ開けられないなどと、門番の声が聞こえた。

「お屋形さまが、お戻りあそばされた。開門、開門じゃ!」

近習が、門を叩き続ける。

やっとのことで、門番所の窓から人の顔が覗く。十数騎の人馬が並んでいて、中央にいるのは身なりから察して秀秋に間違いないと門番にもわかる。

門番は驚愕して二人がかりで開き門の扉を、左右に引く。そのときすでに秀秋は、馬上にあって抜刀していた。馬を門内へ進めると、秀秋は頭上から太刀を振りおろした。

「門番の分際にして、よくも余の通行を妨げおったな!」

秀秋は、怒声を発した。

顔面を真二つに割られた門番は、地上に転がって動かなくなった。秀秋はもうひとりの門番に、視線を移した。そっちが門番所の窓から、外を覗いた門番だった。

「わが屋敷の門内を血で汚したるは、そのほうじゃ」

秀秋は馬首を転じると、再び太刀を振りかぶった。

「ご勘弁を……!」

門番は夢中で、門外へ逃げ去った。

「おのれ、下郎め」

秀秋も、門の外へ馬を走らせる。

馬はすぐに、門番に追いつく。秀秋は、門番の肩に斬りつける。門番の足がとまり、棒立ちになった。秀秋は一刀のもとに、その門番の首を刎ねた。首が路上に落ちて、門番の首なし死体が俯せに倒れた。怒り狂った秀秋は、大坂へ戻っても平静心を失ったままでいる。大坂屋敷に帰りついたとたんに、秀秋は二人の人間を斬り殺した。

殺生を慎しむべしという家康の訓話に、秀秋は逆らわずにはいられなかったのか。そうでなければ頭に血がのぼった状態で、暴君の残虐性が復活したのかもしれない。

秀秋はさっさと門内へ、馬にまたがったまま姿を消す。茫然となりながらも、近習たちがあとに続く。平岡頼勝は下僕どもを集めて、死骸を早々に始末するように命じた。

頼勝は、世間の目と口を恐れたのである。あっという間に二つの死骸が取り片付けられて、地面の血も洗い流された。だが、まだ暗くなっていない天下の往来には、何人かの目撃者がいた。

「小早川さまが二人の御門番を、お手討ちになされた」

と、その夜のうちに恐ろしい話として、大坂のあちこちで評判になった。次の日には、噂が大坂中に広まった。人々は詳しい事情を知らずして、秀秋の異常な行動だけを話題にする。

「日本一の裏切者だっせ。関ヶ原の合戦では、何万という人々の恨みを買っておいでのお方やから……」

「狂うてしもうたのは、その祟りのせいやろか」

「大坂は、豊臣家の御城下。豊臣家を裏切ったお方が堂々と、お屋敷を構えておってはあきまへん」

「早《はよ》う立ち退いてもらわんと、また血を見ることになりまっせ」

豊臣贔屓《びいき》の大坂の人々は、秀秋のことをよくは言わなかった。

その夜、秀秋はゆっくりと湯殿を使った。湯から上がった秀秋は、豪華な食事と酒を眼前に並べさせた。もう精進潔斎も、へったくれもなかった。秀秋の禁酒も、十日ほどで終わった。

本膳七菜、二の膳五菜、三の膳五菜、四の膳三菜、五の膳三菜、それに菓子という大御馳走に、秀秋の顔がいくらか明るくなった。それに断っていた酒が好きなだけ飲めるのだから、機嫌が悪くなるはずはない。

秀秋は酌も小姓で、話相手も小姓というのがおもしろくなくなった。色気が欲しいし、もっと派手な馬鹿騒ぎをしたかった。秀秋は、女を集めよと命じた。

岡山から奥女中も連れてきているが、それは実用向きで遊び相手にはならない。屋敷の外から、女を集めてこなければならなかった。秀秋の注文は二十人ばかりということなので、そうなると芸妓しかいない。

大坂屋敷にも、勤役《きんやく》というのがいた。のちの留守居役だが大坂に常駐していて、主として財政、外交、情報係を務めている。この勤役となると、大坂に顔も広いしよく遊んでいた。

それで勤役が走り回って、若くて美人という芸妓を集めてくる。大名の相手は苦手だが、何しろ小判を積まれるのだから首を横に振る抱え主はいない。

それなりの大金を使って勤役は、徹夜も辞さないという芸妓二十人を集めてきた。にわかに、屋敷内は賑やかになった。飲めや唄えやのドンチャン騒ぎが、いつ終わるともなく続く。秀秋は大酒を喰らいながら、手拍子にすっかり乗っている。四、五人の芸妓に抱えられて、ただよろけるだけの踊りを楽しんでいた。夜を徹しての酒宴となり、秀秋が動けなくなったころには闇が薄れていた。

秀秋の酒量は大したもので、そのために人事不省に陥ったように眠りこけている。寝所へ運ばれたことにも、気がつかなかった。二十人の芸妓は、裏門から屋敷を去った。

午の刻に、秀秋は目を覚ました。とたんに、酒の支度を命ずる。まだ、酔いが残っているのだ。さすがに料理は求めなかったが、正午からの迎え酒である。やがて、女を呼べと秀秋の声が響いた。

平岡頼勝は、書状をしたためた。

昨夕、大坂帰邸と同時に、秀秋は門番二人を手討ちにした。多量の酒を飲み二十人の芸妓を呼び、夜を徹して馬鹿騒ぎに興じた。本日もすでに酒を飲み始めていて、女を呼べと命じている。当分、同じことが続きそうだし、大坂での評判が、悪くなる恐れも大いにある——。

このような内容の書状を使いの者に持たせて、平岡頼勝は京都にいる杉原重治に届けた。

三

平岡頼勝から書状を受け取った次の日、杉原重治は思いきって伏見へ赴いた。家康にお目通りを、願い出るためだった。

家康が伏見を出立するまで、あと三日しかない。伏見城へ招かれた西国大名はこぞって、大津の北の膳所まで家康を見送ることになっている。

その中で小早川秀秋だけが、欠けることになる。当然、家康の心証を悪くして、怒りを買うことは免れない。秀秋は昼夜の別なく飲んだくれていて、十一月五日に伏見に戻ってくることはあり得ない。

こうなったら先手を打って、家康を欺くことにより怒りを少しでも柔らげるほかはない。それで杉原重治は半ば死を覚悟で、家康に直訴することにしたのであった。

問題は家康が直接、重治などに会うかどうかだった。家康にとって重治は、いわば陪臣《ばいしん》である。天下人が一大名の家臣に目通りを許すのは、非常に珍しいことなのだ。

しかし、家康は杉原重治のことを、よく記憶していた。むかし重治が太閤秀吉の奥右筆だったころ、家康は何度か顔を合わせたことがあった。

「この者は武人としては非力だが、清廉潔白にして質実剛健、正義を重んじ主人であろうと誤りあらば、真っ向から諫める勇気と頑固さを持ち合わせておる。行く行くはこの重治に、秀秋の付家老を命じようと頼みに致しておるのじゃ」

太閤秀吉は家康に、そんなふうな言葉で重治を引き合わせた。

その後、重治が問題児といえる小早川秀秋の付家老になったことも、家康は聞き知っている。そしていま忠義者で実直な付家老が、問題児のことで申し上げたき儀ありと願い出ている。

家康は、興味を覚えた。重治を追い払うのも気の毒だし、いまのところそれほど多忙な家康ではなかった。家康は二の丸御廊下にて、重治に謁見を許した。

重治は庭園の池を背後に、家康の出座を待った。庭先に、重治の席はもちろんない。地面に、土下座することになる。しばらくして、家康がたったひとりで現われた。

「杉原紀伊守重治にござりまする」

重治は、平伏した。

「そちが太閤殿下の奥右筆であったとき以来のことじゃが、懐かしいのう」

家康は、立ったままでいる。

「ははっ」

重治は嘘をつくことに不安を感じて、顔を地に押しつけていた。

「ところで金吾中納言どのは、いずこにおるのか」

家康は自分のほうから、さっさと本題に触れた。

形式的な挨拶や回りくどい言い方を、嫌う家康なのである。

「大坂に、お屋敷におられます」

重治は、背筋が冷たくなっていた。

「大坂とな」

家康は眉をひそめて、重治を見おろした。

「中納言さまには一昨夜、急の病にご気分悪しと倒れられましてござりまする」

「急の病とは……」

「少量ながら、吐血をなされました。あとはご気分悪しと白湯《さゆ》も喉を、通らぬご様子にござりました」

「それゆえわざわざ、大坂まで運んだと申すのか。血を吐いた者を動かせば、命にかかわるやもしれぬ」

「それでご制止申し上げたのでございますが、胸が苦しい、早々に大坂へとのお答えしか頂けませんでした」

「京にも名高き薬師《くすし》（医者）が、数多くおるものを……」

「実を申しますと中納言さまはこれまで三度《みたび》、大坂の薬師の手当てにより病のお苦しみを、救われておいでにござりまする。以来、中納言さまは大坂のかの薬師を神仏のごとくご信じあそばされ、他の薬師を嫌われるように相成りましてござりまする」

「さようなことは、わからなくもない。信ずる薬師に触れられただけで、病む者は気が休まるそうじゃからな」

「ははっ」

「されど、紀伊」

「ははっ」

「大坂におってはならぬ」

「ははっ」

「大坂は、豊臣の城下。豊臣にとって金吾中納言は日本一の裏切者、その裏切者が豊臣の城下におって何とする。豊臣はともかく、金吾中納言が大坂にてのうのうと致しておるのを許せぬ者が、少なからずおらぬほうがおかしい」

「ははっ」

「万が一、大坂に味方致す者どもが金吾中納言を襲わば、近隣の徳川麾下の軍勢が豊臣を攻めることに相成ろう。大坂城での合戦は、まだ早すぎるのじゃ。よって金吾中納言も争いのもととなるようなことは、厳に慎しまねばならぬ」

「ははっ」

「されば、そちは直ちに家臣一同を引き連れ、金吾中納言とともに岡山へ引き揚げるがよい。

金吾中納言になくてはならぬ大坂の薬師とやらも、岡山まで同行致させればよかろう」

「されど、さように致しますれば、内府さまを膳所までお見送りさせて頂くことが叶わなく相成りまする」

「見送りなど、どうでもよいことじゃ。金吾中納言がおろうとおるまいと、何ら差し支えはないわ」

家康は、一笑に付した。

「ははっ」

重治はまだ一度も、顔を上げずにいた。

「吐血となれば、大事ないとは申せまい。せいぜい、養生に努めるように、金吾中納言に申し伝えよ」

家康はそう言って、去っていった。

「ははっ、ありがたきお言葉……」

重治の全身が、汗ばんでいた。

徐々に、恐怖感が遠のいていく。家康は秀秋の見送りなど、問題にしなかった。無理もないと納得さえすれば、秀秋が見送りに加わらなくても、家康の怒りに触れることはないのだ。

だが、重治が言上したことは、作り話であった。重治の嘘を信じて家康は、無理もないと納得したことになる。まんまと欺かれたことを、家康が知ったときはどうなるか。秀秋も重治も、即座に切腹である。

そう考えると、重治の不安はむしろ膨張する。余計なことが発覚しないうちに、岡山へ逃げ帰らなければならない。それも秀秋という厄介者を連れてであった。

重治は京都所司代の板倉勝重に会い、細かい取り決めを承った。秀秋は急病のため岡山に戻るが、二条城の築城に参加することに変わりはない。

小早川家に課された築城のための分担金、この金額は五十一万石という禄高によって決められている。

石垣に用いるのに、積み出す石の量。

人足の数の割り当て。

小早川家から、三名の普請奉行を派遣すること。

二条城の造営開始は、来年七月となること。

このような命令を聞かされたあと、重治はすぐさま京都と伏見に分宿している小早川家の家臣を残らず集めた。男女という性別、身分の上下、役目の違いなどによって隊列を整え、三百人からの家臣は大坂へ向かった。

大坂の屋敷につくと重治と平岡頼勝は、互いに報告し合う密談の場を持った。そこで重治は頼勝から、愕然となるような話を聞かされた。

秀秋は今朝またしても、ひとりの人間を死に追いやったというのである。それは、雪野という女人であった。天王寺の豪族の娘で、鳥越安兵衛という者の妻になった。鳥越安兵衛も天王寺の豪族の出だが、雪野と夫婦になって間もなく、縁あって小早川家に仕えることになった。鳥越安兵衛の身分は低く、足軽頭の地位にいた。昨年の関ヶ原の合戦には、二十人の鉄砲足軽を率いて出陣した。だが、鳥越安兵衛は討死してしまった。

その後、雪野は天王寺の実家に戻っていた。しかし、秀秋が大坂屋敷にいると、雪野は噂で知った。それほど遠方でもないのに、挨拶にも出向かないのでは義理を欠く。

不運にもそう思い立った雪野は、下男ひとりを連れて小早川邸を訪れた。時刻は巳《み》の中刻（午前十一時ごろ）で、乱痴気騒ぎにも一区切りついたときだった。

秀秋は小姓の酌で、酒を飲み続けている。そこへ関ヶ原で討死した鳥越安兵衛の妻が挨拶に参上した、という取り次ぎがあった。秀秋は足軽頭の姓名など、いちいち記憶していない。まして泥酔している秀秋には、討死した者のことなど思い出せなかった。雪野という名にしても初対面であるから忘れるも何もない。秀秋が好奇心を働かせたのは、相手が女であることだけだった。

「通せ」

秀秋は、女の顔が見てみたくなった。

御座之間へ案内されてきた雪野に目をやって、秀秋はポカンと口をあけたままでいた。女の世界も支配できる五十一万石の中納言が、お目にかかったこともない美しさだったからである。

夫が死亡したので、垂れ髪をやや短く切っている。だが、そのようなことは、絶世の美女に影響を及ぼさない。このときの雪野は、二十一歳であった。

下座にあって雪野は夫の話を通じて自己紹介をすませ、秀秋が五十一万石の大々名になったことの祝賀の挨拶を述べた。しかし、そういう雪野の口にすることは、いっさい秀秋の耳にはいっていない。

「近《ちこ》う寄れ」

同じ言葉を繰り返す秀秋は、笑わなくなっていた。目はすわっているし、凶悪な人相にも見えた。秀秋は、淫欲に燃えていた。どうしても、この女と結ばれたい。力ずくで、犯すのもいい。秀秋は耐えきれない欲望に狂いかけていたのだ。

「みなの者、去るがよい！」

秀秋は、立ち上がって叫んだ。

小姓たちは走るようにして、御座之間から消えた。秀秋は、雪野に近づいて右腕をつかむ。驚いて声も出ない雪野に、秀秋は襲いかかった。

「何をなされます！」

ようやく、雪野は悲鳴を発した。

「伽《とぎ》を申し付くる」

真っ昼間から秀秋は、雪野に性交を強要したのだ。御座之間に近づく者はいないし、気がついても秀秋の行為を妨げられる人間はいない。力にも、差がありすぎる。雪野の抵抗は、通用しなかった。

たちまち腹部を除いて、雪野の下半身と上半身はむき出しにされた。秀秋も衣服の前を広げて雪野に身体を重ねると、荒々しく結合を果たした。

秀秋が欲望を遂げたとき、雪野は気絶していた。それでも秀秋は、雪野を解放しようとはしなかった。秀秋は意識を失っている雪野を、みずから寝所へ運んだのである。

四

秀秋は寝所において、あらゆる淫行を重ねたらしい。酒肴を寝所へ持ち込ませているので、秀秋は飲みながら雪野の身体を弄《もてあそ》んだものと思われる。

秀秋は飽くことなく雪野を凌辱し、それは今朝まで続いたと推定される。朝になってさすがに疲れ果て、秀秋は眠りに落ちた。その隙に雪野は寝所の次の間で、秀秋の脇差を用いて自害した。

「鳥越某が討死を致したるを恨みに思うてか、中納言さまが眼前にて自害して果てた。待たせてあった下男にさよう伝えたうえで、雪野どのが遺骸を下げ渡した」

平岡頼勝は、情けないというように首を垂れた。

「そのような申し開きで、何事もなくすむのでござろうか」

杉原重治は、涙ぐんでいた。

「五十一万石の中納言を敵に回しては勝ち目なしの泣き寝入りになろうと、知らざる愚か者がおるはずがあるまい。と、これが中納言さまのお言葉にござった」

「もはや、ご乱行とは申せぬ。何たる非道。これが、太閤殿下のお血筋を引くお方のなされることか」

「されど家老あるいは付家老たるわれらとしては、中納言さまと岡山五十一万石をお守り致さねばならぬのじゃ」

「雪野どのの一件も、明日は大坂中に知れ渡るであろう。内府さまの仰せに従い、岡山へと急ぐほかはござるまい」

「もはや、一刻の猶予もならぬ」

「難事はいかがして、中納言さまにご承知を頂くかじゃ」

杉原重治は、白くなるほど強く唇を嚙んだ。

「中納言さまを欺き申し上げるほかに、策はなかろう」

平岡頼勝は、声をひそめた。

それから小半時（三十分）ほど重治と頼勝は相談してから、秀秋の御座之間へ覚悟を決めて乗り込んだ。秀秋は脇息《きょうそく》にもたれて両足を投げ出し、相変わらず盃を傾けていた。雪野のことは、気にもかけていないようだった。

秀秋は重治と頼勝をチラッと見やったが、いやな顔をして目をそむけた。

「ただいま伏見より、立ち戻りましてございます」

重治が、膝を進めた。

「そのほうどもの決まりきった諫言、小坊主のごとき説教は頭痛を呼ぶ。そのほうどもの声を聞くのも、不快である」

秀秋は、重治たちに背を向けた。

「お諫め申し上げに、参上つかまつりましたわけではございませぬ。内府さまのお申し付けを、お伝え致しますのみにございます」

重治は、喉の渇きを覚えた。

「内府さまの申し付けだと……？」

さすがに、秀秋は起き上がった。

「内府さまは、中納言さまをお召しにございます。余の見送りを怠るとは何事ぞと、内府さまにはたいそうお怒りのご様子」

「されど内府さまには明日ご出立、あとを追うたところでお見送りにはとても間に合うまい」

「行列を整え、尾州まで参れ。余は尾州にて、中納言を待つ。罰として中納言には、尾州において余を見送らせる。かように内府さまは、仰せにございました」

「尾州とは、遠方じゃ。何日も、かかろう」

「御意」

「いまの余にとっては、とても叶わぬことじゃ」

「何ゆえに……」

「わしの身体は、酒を求めてやまぬのじゃ。半日も酒が切れれば気分が悪うなり、手の震えとまらず、頭痛激しく、気が触れそうに不快に相成る。もはや酒を断つことに、余は耐えられぬ。尾州までの何日ものあいだ、酒を口にせずにおられるはずはない」

「そのことなれば、ご案じあそばされますな」

「したたかに酔うたまま、内府さまにお目通り致すわけには参るまい」

「御酒は十二分に、お召しくだされませ。御輿の中なれば、御酒を召されても気づく者はおりませぬ。御輿に揺られながら朝なり昼なり、御酒を召し上がるのがよろしゅうございます」

「尾州につけば、いかが相成る」

「その前夜より半日に限り我慢を致されれば、御酒の匂いも消え酔いも醒めましょう。味噌汁などお飲みあそばされれば、内府さまもお気づきにはなられますまい」

「さようか」

秀秋の目つきが、いくらかは険しくなくなっていた。

秀秋は重治の嘘を、信じたのである。重治は家康に次いで、秀秋も騙した。しかし、騙さなければ家康も秀秋も、どう出るかわからない。嘘も方便で、小早川家のためには仕方がなかった。

次の早朝に、行列の用意ができた。行列の人数は、四百人に増えていた。秀秋は、輿に乗る。前後に突き出した轅を八人の足軽が担ぐことに変わりないが、今回は素木《そぼく》の板輿と違って網代輿《あじろごし》であった。

後方は、密閉されている。左右には自分がそうしたければ、開くことのできる小窓がついている。前方には御簾《みす》が垂れているが、これもそのままにしておけば輿の中は見えなかった。

輿の中には酒肴の膳、脇息、薄掛け、枕などが運び込まれた。輿の両側に添って、杉原重治と平岡頼勝が馬を進めた。秀秋の注文に、応ずるためだった。ほかに料理人や酒を運ぶ足軽も、輿の近くにいた。

行列は、大坂をあとにした。

秀秋は重治から、目的地をビシュウと言われた。ビシュウなら当然、尾州だと思う。江戸へと先行する家康は途中、尾張（愛知県）で待っている。そのように、秀秋は思い込んでいた。

尾張へ向かうなら大坂から伏見、京都を経て東海道を下らなければならない。この時代は完璧にはほど遠いが、江戸を中心とした五街道の一部の整備が始まっていた。

ところどころに、宿場の設置も認められている。特に東海道は真っ先に、旅人宿が目立ち人通りも多くなっていた。東海道の景観は、ほかの街道と違うとひと目で知れる。

だが、秀秋の行列は大坂から西の宮へ抜けて、山陽道を西に向かったのだ。山陽道となると、まだ街道らしい体裁が整っていない。公認とはいえない宿場や旅人宿があっても、みすぼらしくて粗末である。

大名が利用する最も大きな宿屋でも、やがて大名宿と呼ばれるようになり、本陣とか脇本陣とか称されたのは更に後年のことであった。

街道には悪路が多いし、賑うほどの人の往来もない。東海道とは、比較にならなかった。もし秀秋が小窓を開いて景色を眺めたら、すぐに東海道ではないことに気がついただろう。

だが、秀秋は眺望や景色に無関心であり、小窓をあけたりする必要がなかった。酒を飲んでさえいれば、退屈することもない。それに酔いが回ると、輿の適度の揺れが眠気を誘う。

秀秋は、横になって枕を使う。浅い眠りというのも気分がよく、目を覚ませばまた飲みたくなる。秀秋は人目を忍ぶようにして独酌で飲むという初めての経験が、すっかり気に入ってしまった。

先遣隊が岡山までの宿泊所を、交渉して決めてある。御城下に、泊まってはまずい。だが、途中唯一の御城下は、姫路であった。姫路は、避けなければならない。

暗いうちに早立ちをして、日没後に一日の旅程を終えるという強行軍だが、女の足もあることだし七里（二十八キロ）が限度であった。

兵庫の東、北野村の庄屋屋敷。

明石の西、和坂村の庄屋屋敷。

姫路の西、今宿村の大庄屋屋敷。

三ツ石の光明寺。

藤井の長者屋敷。

こんなふうに五泊して、藤井から二里（八キロ）で岡山の御城下に到着する。宿泊先で歓待を受けるのは三十人程度で、あとの者たちは近くの家々に分宿するか護衛に立つかであった。

宿泊所につけば直ちに酒宴となり、朝の目覚めとともにまた酒となる。それでは秀秋に、どのどういうところに泊まっているのかわかりようがない。

また秀秋は、知ろうともしなかった。昼間も輿の中で、際限なく飲み続ける。飲まないのは昼寝をしているときか、夜更けの就寝時間だけだった。

秀秋にとっては、夢うつつの道中といえるだろう。

たとえば伏見から尾張の熱田神宮まで東海道を下れば、距離にして約三十九里半（百五十八キロ）となる。一日七里ずつ歩けば、六日たらずで消化できる。

つまり大坂から岡山までの四十一里（百六十四キロ）と、ほとんど変わらないのだ。そのことにも、秀秋は騙されたのであった。五泊目の藤井の長者屋敷で、明日はご到着にございますと言われたとき、秀秋は何の疑問も感じなかった。

「今宵より、御酒はお控えくだされますように……」

杉原重治は、そう念を押した。

「やむを得ぬ」

秀秋は不承不承、約束を守ることにした。

酒が切れたこともあるし、家康の怒りへの不安もあって、秀秋は一睡もできなかった。早々に起きるほかはなく、秀秋は夜明けとともに長者屋敷の庭へ出た。

長者さまの屋敷と呼ばれるだけあって、広大な庭園であった。冬となれば緑は少ないが、それなりの風情がある。秀秋は白い息を吐きながら、西の方角を眺めやった。

とたんに、秀秋の息がとまった。何度も目をこする。夢の中にいるのか、それとも酔っているのかと、秀秋はおのれの頬を叩いた。痛かった。しかも肌を刺すような痛みを、実際に感ずるのだ。

黒々とした城のシルエットが、そびえ立っている。その形を見て、みずからの城であると判断がつかないはずはない。紛れもなく烏城、わが岡山城である。

岡山の東に備前でも五指のうちにはいる長者の屋敷がある、という話を聞かされたことを秀秋は思い出していた。いまはその屋敷の庭にいて、岡山城を眺めている。

尾張どころか、岡山へ帰ってきているのだった。杉原重治と平岡頼勝に、完全に騙された。

なぜ、そのような偽りが必要だったのか、理由はどうでもよかった。

秀秋の性格とすれば、小うるさい家老にまんまと欺かれたことが何としても許せない。こういう場合の秀秋は、逆上しないではいられない。

「誰かある！　紀伊と石見を、ここへ呼べ！」

秀秋の怒声が静寂の中を、雷鳴のように突っ走った。

「おのれ、余を謀《たばか》りおって！　手討ちにしてくれるわ！」

秀秋は小ぶりの石燈籠を、蹴倒していた。

五

道中の途中で小早川秀秋が、東海道と山陽道の見分けがつかないはずはない。尾張ではなく岡山へ向かっていることに、気づかないほうがおかしかった。

事は必ず、発覚する。騙されたと知って、激怒しない秀秋ではない。手討ちにすると、秀秋は怒り狂うだろう。杉原重治と平岡頼勝は、初めからそれを覚悟でいた。

今朝まで露見しなかったのは、まさに奇跡であった。しかし、最後まで奇跡が続くということは、あり得なかった。何しろ今日には、岡山城に到着してしまうのだ。

岡山に帰城したのに、まだ尾張へ向かっているものと誰が思うだろうか。最終的にはどうしても、杉原重治と平岡頼勝の詐術が発覚することになっている。

「いかがすべきか」

驚きはしなかったが、杉原重治はやはり緊張しきっていた。

「非は中納言さまに、おありじゃ。その非を隠さんがために、岡山へお連れ申した。それがために、お手討ちになるのでは道理に合わぬ」

平岡頼勝は、やりきれないという顔つきでいる。

「さよう、犬死ににござる」

「愚かなる主君の狂気に任せ、おめおめ命を捨てることはござるまい」

「それには、それなりの画策を要することに相成りますぞ」

「中納言さまがお怒りを、冷ますような申し開きにござろう」

「さよう」

「何やら、よき思案がおありか」

「道はただひとつ、内府（家康）さまが御名をお借り申し上げるほかはござるまい」

「内府さまのお指図なりと、中納言さまに申し開きを致すのでござるな」

「いかにも」

「ご信じに、なられるであろうか」

「ご信じくださらねば、そのときはそのとき……」

「いざ、参らん」

平岡頼勝は、うなずいた。

「よかろう」

杉原重治は、立ち上がった。

両人は庭に降り立ち、秀秋の寝所の近くへと足を進めた。秀秋はまだ、庭園に突っ立ってい
た。足もとに、蹴倒したらしい小さな燈籠が転がっている。

背後には、太刀持ちの小姓を控えさせていた。秀秋は自制できない怒りに、全身を震わせて
いる。凶暴というより狂的な眼差しが、何とも不気味であった。

「あれにあるのは、何じゃ！」

大声を張り上げて、秀秋は西の方角を指さした。

杉原重治と平岡頼勝は、少し離れたところに土下座した。両人とも、顔を上げずにいた。秀
秋が指さすほうに、目をやっても仕方がない。そこに見出すものは、岡山城に決まっている。

「とくと、眺めよ！」

秀秋は苛立って、地上の小砂利を蹴散らした。

「お城にございまする」

平岡頼勝が、そう答えた。

「尾張の清洲城か、それとも犬山城か！」

「岡山城にございまする」

「おのれ、よくもぬけぬけと……！　何ゆえ、余が岡山におるのじゃ。余は尾張にて、内府どのをお見送り致さねばならぬはずじゃぞ！」

秀秋は、後ろへ手を伸ばす。

太刀持ちの小姓があわてて、何度も人の血を意味なく吸わされている秀秋の愛刀を差し出した。秀秋は太刀を受け取って、左手に持ち替えた。

「尾張へご案内申し上げるとは、偽りにございました」

平岡頼勝は、血の気を失っていた。

「主人を謀るとは、許し難き不忠者！　これより、そのほうども両名を手討ちに致す！」

秀秋は、太刀の柄《つか》を右手で握った。

「われらがお手討ちになりましょうとも、殊更に差し障りはございませぬ。しかしながら御前が内府さまより、きつくお叱りを受けられますこと必定にござりまする」

平岡頼勝に代わって、杉原重治が顔を上げた。

「言い訳、無用！　内府どのより余がお叱りを受けるなどと、作り話も大概にせい！」

誰よりも口うるさい点で嫌っている杉原重治がしゃしゃり出たことで、秀秋はいっそう頭に血がのぼった。

「われらは何事も、内府さまのお指図に従いましてございまする」

杉原重治は、さして動揺していなかった。秀秋への諫言には慣れっこになっているし、丸め込めるという自信もあるせいだろう。

「何が、内府どののお指図なのじゃ！」

抜くはずの太刀を、秀秋は抜こうとしなかった。

「伏見城に御前のお姿なきことにお気づきになられ、内府さまより金吾中納言どのはいずこにと、それがしに御下問がございました。それがし咄嗟に御前にはご病気にて少々の吐血これあり候につき、大坂のお屋敷でお休みを願っておりますとお答え申し上げましたところ、内府さまは直ちに中納言どのを岡山へ連れ帰り、養生を致させよと仰せにございました」

「されば何ゆえに岡山へ戻ると、有体《ありてい》に申し述べなかったのじゃ。尾張へ赴き内府どののお見送りをなどと、偽りを申すのは無用であろう！」

「内府さまは、かように仰せにございました。岡山へ戻ると申せば中納言どのは、意地と面目にこだわり駄々をこねるに相違ない。それゆえ尾張まで参ると偽り、岡山へお連れするがよかろうと……」

「まことか」

「内府さまより、これは余が命じたことじゃ、しかと守らねばならぬぞとのお言葉も頂戴つかまつりましてございまする。内府さまのお申し付けと相成りますれば、われらには逆らうこと叶いませぬ」

「偽りではないのじゃな」

「内府さまの仰せに従いましたるがために、お手討ちと相成るならばもはや詮方《せんかた》なきこと。御前のお気に召すように、首をお刎ねくだされ」

覚悟を決めたように、杉原重治は目を閉じた。

「もうよい、下がれ」

秀秋は、怒鳴らなくなっていた。

「ははっ」

杉原重治と平岡頼勝は、平伏した。太刀を太刀持ちの小姓に返すと、秀秋は舌打ちをしながら家の中へ姿を消した。秀秋は、両人に背を向けた。秀秋はいちおう、杉原重治の弁明を受け入れたのだ。

家康の命令を忠実に守った両人を、手討ちにしたとなれば確かにまずい。秀秋が家康の指図に、背いたのと変わらない。そうした秀秋の判断が重治・頼勝両名の手討ちを、中止させたのである。

だが、秀秋は決して重治を、許してはいなかった。秀秋を諫めることしか知らない重治を、もともと憎むほど嫌っていた。おのれの行動をいちいち批判する重治を、秀秋は敵視するようになっているのだった。

それに杉原重治の背後で家康が、常に秀秋監視の目を光らせているような気がしてならない。秀秋にとって、重治は邪魔者になっていた。邪魔者は消すべきだと秀秋は、冷酷にして単純な考えにたどりつく。

重治を、殺すのだ。

だが、杉原重治はかりそめにも、小早川家の付家老であった。それにいまは、家康の手前もある。しかも、重治は秀秋の実母と、同じ一族ときていた。

そうした重治をこれという落ち度もないのに、秀秋みずからが手討ちにすることは対外的にいろいろな問題を生む。重治を殺すならば、ほかの者の手を借りたほうがいい。

重治を、暗殺するのであった。

暗殺者には、適当な人物がいる。それは一千五百石を与えて、重臣の扱いをしている村山越中だった。村山越中は人間として、出来のいいほうではなかった。

性格も、よろしくない。自己本位で、自制心に欠けている。腹を立てると、すぐにカッとなる。嫉妬心が強く、些細なことにも恨みを抱く。

気に入らないと思うと、その相手を徹底的に嫌う。あの者は自分を軽んじていると決め込めば、勝手に憎悪の対象にしてしまう。そのうえ敵意を持てば、すぐに殺したがるという粗暴な男であった。

そもそも小早川家で、重臣の扱いを受けるような人物ではなかった。しかし、性格が似ていて凶暴性も一致するせいか、秀秋は村山越中に目をかけていた。

村山越中のほうも、秀秋には忠実だった。村山越中が能なしであっても重臣の待遇を受けているのは、気が合うという意味での秀秋の寵臣《ちようしん》だからなのである。

この村山越中は以前から、杉原重治と険悪な仲にあった。重治は、重臣として用をなさない村山越中を、頭から無視してかかる。そういう重治に村山越中は、許し難い怒りを覚えている。

秀秋の命令があれば、村山越中は喜んで重治を殺害するだろう。重治を討たせるには、村山越中こそが最適の暗殺者だった。村山越中は、腕も立つ。

秀秋はまだ長者屋敷にいるうちに、そのような重治暗殺の計画を練り上げたのであった。岡山に戻って直ちに暗殺というのは、家康に怪しまれる。十日ほどすぎるのを待ってと、秀秋は決意した。

間もなく秀秋の行列は長者屋敷を発し、岡山の御城下へはいった。帰城した秀秋は杉原重治と平岡頼勝に、許しあるまで目通り叶わぬと出仕を差し止めた。

重治、頼勝にしても、気が気ではなかった。秀秋を岡山へ連れ帰れというのは、間違いなく家康の命令だったといえる。だが、尾張へ向かうと偽って岡山に連れ去るようにとは、家康は一言も口にしなかった。

その部分は、真っ赤な嘘ということになる。言い逃れのための作り話に、重治と頼勝は家康の名を無断借用したのだ。何らかの機会に、家康と顔を合わせた秀秋がその話を持ち出す。

そうなればたちまち、重治と頼勝の作り話であることが明らかにされる。秀秋はまたしても怒り狂うだろうが、そうなればそれはそれで仕方がない。

それよりも重治と頼勝が恐れたのは、家康の怒りを買うことだったのである。人間とは不思議なもので同じように斬首されるにしても、天下の最高権力者に処罰されることのほうにより恐怖心を抱くものなのだ。

しかし、重治や頼勝が考えるほど、家康は器が小さくなかった。家康ははるかに狡猾で、人の胸中を見抜く術に長《た》けていて、気遣いも細やかであった。

加えて家康は、恐るべき情報収集力を持っていた。巨大な諜者の組織もあるし、必要とあらばあらゆるところに密偵を配置することができる。

小早川家の重臣として送り込まれた滝川出雲も、家康の密偵の役目を果たしている。その滝川出雲を通じて家康は、秀秋の行状や政治能力をすべて承知していた。

その結果、家康は秀秋に落第点をつけた。家康が最初から見通していたとおり、秀秋に五十一万石の領国を統治させるのはとても無理である。

秀秋に何かあればそれを口実に、三万石以下の小大名に減じていずこへか移封させようというのが、家康の心づもりだった。以来、家康は秀秋への監視態勢を、一段と強めていた。

家康が伏見城で秀秋に対し、挑発的な言辞を弄したのもそのためであった。秀秋はいかなる反応を示して、どのような行動に出るかを試してみたかったのだ。

だから家康は、秀秋がさっさと大坂へ引き揚げたことを知っていた。秀秋が大坂の屋敷で凶暴性を発揮して門番を殺し、酒に明け暮れるうちに女人を凌辱し死に至らしめたと、中納言にあるまじき所業の数々も家康に報告されていた。

そんな秀秋を無理やり岡山へ連れ帰るのは、容易なことではない。おそらく杉原重治は策を用い、騙したうえで秀秋を岡山へ運ぶことになる。

しかも、岡山城につけば、すべてが露見する。秀秋は激怒して、杉原重治を許さないだろう。そうなると杉原重治の命が危ういと、家康はそこまで読んでいたのである。

そこで家康は伏見城を出立する間際に、同じ西国大名の黒田長政を招く。家康は帰国の途中に岡山城に立ち寄り、自分の言葉を秀秋に伝えてくれるようにと黒田長政に頼んだのであった。

十一月二十日の朝——。

岡山城の本丸御殿では、秀秋が御座之間へ村山越中を呼びつけていた。秀秋が人払いを命じたので、太刀持ちの小姓さえも姿を消していた。いよいよ秀秋には村山越中と、重大な密議を凝らすときが来たのだった。

六

完璧な人払いなので御座之間の周囲からも、誰もが遠慮して遠ざかっている。無人の世界に秀秋と村山越中が、二人きりでいるのと変わりなかった。

それでも秀秋は用心して、村山越中との距離を縮めさせた。秀秋は朝から飲み始めていたが、まだ声が大きくなるほど酔っていない。盃を口へ運ぶ手の動きは、落ち着かないように忙しかった。

「早々に御用を、お伺い致したく存じまする」

村山越中の両眼が、何かを期待するように輝いている。

四十に近い村山越中だが、筋骨隆々として若々しい五体の持ち主である。大男であり、武芸者のタイプだった。ただし髭面であっても、人相がよくないことはひと目でわかった。

「そのほう、紀伊（重治）とは犬猿の仲であったのう」

秀秋は酒を飲み干したあとの盃を、投げ出すように置いた。

「さようでござりまするか」

村山越中はとぼけて、秀秋の盃を酒で満たした。

「隠すでない。すでに知らざる者は、おらぬことじゃ」

「恐れ入りましてございます」

「紀伊はそのほうをまともに相手にはせず、そのほうの意向には耳も貸さぬ」

「ははっ」

「そのほうにとっては、それが気に入らぬ。それもたび重なれば、そのほうの不快は怒りとなろう」

「ははっ」

「そのほうは、紀伊に憎しみを抱いておる。すでに険悪なる仲を通り越し、そのほうには仇敵と変わらぬ紀伊じゃ」

「ははっ」

「正直に申せ」

「仰せのとおりにございまする」

「余も紀伊を、嫌っておる。紀伊は余を厳しく諌めることのみが、付家老の役目と心得ておるようじゃ」

「ははっ」

「余が日々、頭痛に苦しみいとも不快なるは、紀伊の要らざる説教のためである。余はもはや紀伊を、邪魔者と思うておる。邪魔者は取り除かねばなるまい」

「取り除くと、仰せられますと……」

「そのほう、紀伊を討て」

「ははっ」

「気乗りがせぬか」

「滅相もございませぬ。ただ、にわかには信じ難きことなれば、あるいはご冗談かとも受け取りましてございまする」

「まことの話じゃ」

なるほど秀秋の表情に、余裕は認められなかった。

「それがしに紀伊どのを討ち果たせと、仰せにござりまするか」

村山越中の髭の中から、唇と歯が覗いていた。

「うむ」

もうあとには引けないと、秀秋は自分に言い聞かせていた。

「喜んで、お引き受け致しまする」

村山越中の目も笑っているし、いかにも嬉しそうであった。

「仕損ずるではないぞ」

「時は……」

「明日の未《ひつじ》の刻（午後二時ごろ）、十日ぶりに目通りを許す。その紀伊が余と語り合いを終え、退出を致すときがよかろう」

「殿中において斬り捨てても、構わぬとの仰せにございまするか」

「紀伊を守る者がおらぬところとなれば、殿中を除いてほかにはあるまい」

「委細承知つかまつりました」

村山越中は、頭を下げる。

「うむ」

秀秋は追い払うような手つきで、村山越中に下がれと命じた。

村山越中は、足早に去っていった。人払いも解かれたので、小姓たちが御座之間へ戻ってくる。それを待っていたように近習のひとりが進み出て、秀秋の前に着座した。

「何事じゃ」

秀秋はもう、酒を飲むことに専念している。

「申し上げます。先刻、黒田甲斐守さま、半時《はんとき》（一時間）ほど岡山城にお立ち寄りあそばされるとのお先触れを、ご家来衆が伝えに参られましてございます」

近習は、そのように告げた。

「なに、黒田どのが……」

秀秋は、驚きの目を見はった。

「ご到着は、午の刻（正午）とのことにございました」

近習は、そう付け加えた。

「お出迎えに、手落ちなきように致せ」

秀秋は、酒どころではなくなっていた。

予想もつかなかったことであり、しかも悪い相談がまとまった直後だけに、秀秋は狼狽せずにいられなかった。それに相手は、油断のならぬ黒田長政なのだ。

このときの黒田長政は三十四歳、まだ従五位下の甲斐守であった。黒田長政が従四位下の筑前守に改むのは二年後の慶長八年、家康が将軍に就任したときである。

官位は従三位、中納言の秀秋のほうが上位だった。しかし、実力や権勢からすれば、官位など問題にはならない。何しろ黒田長政は唯一、家康と対等に口がきける、かの黒田如水入道の嫡男ときている。

関ヶ原の合戦では長政が当地で、如水が九州で西軍を鎮圧し、大いにその軍功を認められた。そのために黒田長政は筑前（福岡県）において、五十二万三千石の大々名になることができた。

関ヶ原の合戦以前から、家康の信任が厚かった。その証拠に黒田長政は昨年の六月、家康の養女の栄姫を二度目の妻にもらい受けている。いまや黒田長政は、家康の腹心の大々名と見ていいだろう。

その黒田長政が正午に、岡山城に現われた。別に武装しているわけでもないのに、威風堂々としていた。歴戦の勇将としての貫禄が、十分すぎるほどなのだ。

秀秋は、本丸の不明門まで長政を出迎えた。

「これはこれはお出迎え、痛み入ってござる」

長政は、ニヤリとした。

「よくぞわが城に、お立ち寄りくだされましたな」

秀秋も、笑顔を作る。

何度も会っているので、気楽に口はきける。だが、九州の福岡城へ戻る途中に、わざわざ岡山城に寄った長政の目的は何かと、秀秋の動悸が激しくなる。

秀秋は長政を、客間に使う書院へ案内した。双方ともに重臣や側近を、遠ざけている。秀秋と長政だけになると、いっそう息苦しさが増してくる。

「杉原重治どのに、お変わりはござるまいか」

長政はまたしても、ニヤリとする。

「変わりなど、あろうはずがござらぬ。もしお望みとあらば、杉原をここに呼んでもよろしいが……」

秀秋は、青くなったのではないかと不安であった。

長政の口から、重治の名が真っ先に出た。それは重治暗殺の計画に、気づいているからではないかと思いたくなる。まさかと否定しながらも、秀秋はドキリとしたのである。

「いや、それには及びますまい。実は内府さまより中納言どのへのご伝言を、仰せつかってござる」

笑っていても、長政の眼光は鋭い。

「内府さまより、ご伝言が……」

これまた秀秋には、恐ろしいことであった。

「そのご伝言の中で内府さまは、ひどく杉原どののことをご案じあそばされておられる。それゆえに杉原どのが達者でおられるかを、お尋ね申し上げた次第にござる」

「内府さまにはいかなることで、杉原の身をご案じくだされるのでござろうか」

「このたび杉原どのは内府さまの仰せに従い、中納言どのを無理やり岡山へ連れ戻られてござる。その一件により杉原どのは中納言どののお怒りを買い、お叱りを受けたのではござるまいか。万が一、杉原どのがお仕置と相成れば取り返しがつかぬと、内府さまにはご案じあそばされておられるご様子にござる」

「まったくもって、ありがたき内府さまのお心遣いにござる」

「杉原は余の命に従い、万事そのとおりに致したまでのこと。杉原を罰するは、余を罰するも変わりなし。かようにくれぐれも中納言どのにお伝えせよと、内府さまの仰せにござった」

「心得てござる」

「それにしても内府さまには、よほど杉原どのがお気に召されたようじゃ。内府さまには再三、杉原どのへのお褒めのお言葉をお洩らしあそばされましてな」

「杉原のいかようなところが、お気に召されたのでござろう」

「忠義」

「忠義……」

「主人への忠心にござる」

「内府さまには杉原の忠心がお気に召され、再三お褒めのお言葉をくだされたのでござろうか」

「いかにも。杉原は小早川家と中納言どのが安泰のために、一命を賭しておる。忠義とは主人の馬前に死す覚悟にて、合戦において大いに働く武将ばかりを申すのではない。お家安泰を目ざし生きて苦労を重ねるもまた、尊ぶべき忠義なり。さように目立たぬ忠義を尽くしおる者、近年杉原を除いては出会《お》うたことなし。杉原のごとき付家老に頼れる中納言どのこそ果報者よ。と、内府さまにはかようにも、仰せにござった」

「恐れ入ってござる」

「さすがは太閤殿下がお目に適《かの》うて、中納言どのと小早川家の先々を任されし杉原だけのことはある。中納言どのには杉原を大事に扱わねば、罰が当たろうぞ。と、これも内府さまがご伝言の中に、含まれておったことにござる」

「大事に扱うとは……」

「これより申し上げることが、ご伝言のうちで最も肝心なる五箇条にござる」

「五箇条……」

「ひとつ、中納言どのには杉原なる付家老に、揺るぎなき信を置くべし。ひとつ、中納言どのには杉原が無二の忠臣なることを、肝に銘ずべし」

「うむ」

「ひとつ、中納言どのには杉原の諫言もしくは進言に、謙虚に耳を傾けるべし。ひとつ、中納言どのには杉原が呈する苦言をば、親に叱られおるものと心得るべし」

「うむ」

「ひとつ、万が一これらに背くことあらば、小早川家並びに中納言どのを救う者なしと、ご覚悟致されるべし。以上にござる」

黒田長政は、ニヤリとした。

「ご伝言、拝聴つかまつってござる」

中納言の声は、何となく弱々しくなっていた。

黒田長政の眼光も、秀秋には恐ろしかった。それに杉原重治を粗略に扱わず諫言を尊重せよと、家康が黒田長政を証人に命令を下したのだった。ところが秀秋は明日、杉原重治を殺害するつもりなのである。

七

黒田長政は岡山城を辞して、長い行列とともに山陽道を九州福岡へ去っていった。しかし、秀秋の迷いと苦悩は、それから始まった。黒田長政は三度、ニヤリとした。意味深長で、気味の悪い笑いだった。まるで、杉原重治を討つ計画を長政は見抜いているようだと、秀秋は不安に駆られる。もし家康からの伝言を無視して、杉原重治を殺したらどうなるだろうか。

万が一、家康の忠告に背けば、小早川家と秀秋を救う者なし——。

家康は、そう言ってきている。救う者なしとは小早川家の取り潰しと、秀秋が切腹することの予告ではないのか。家康は岡山へ、軍勢を派遣しないとも限らない。

姫路には、五十二万石の池田輝政が入城している。

広島へは今年、福島正則が四十九万八千石で入城した。

そして九州福岡には、五十二万三千石の黒田長政がいる。

いずれ劣らぬ猛将で、三家の大々名の軍勢を合わせれば大した兵力になるだろう。この三家の軍勢が、岡山城を包囲する。とても、勝てる相手ではない。

岡山城はたちまち開城して、秀秋は腹を切る。三家の軍勢を陣頭指揮するのは、黒田長政に違いない。秀秋に直ちに腹を召されよと命じながら、黒田長政はニヤリとするのではないか。秀秋は、そこまで想像した。

どっちにしろ、杉原重治を殺すことには、イチかバチかの危険がともなう。だが、杉原重治をこのまま生かしておいて、付家老の諫言を尊重するといったことに到底、耐えられる秀秋ではなかった。

しかも、秀秋が重治を手討ちにするわけではない。重治は仲の悪い重臣と私闘を演じ、討たれたということになる。重治は運が悪かったのであり、秀秋にどうにかできることではなかった。

そのように弁明すれば、家康もさほど激怒することはないだろう。やむを得ないと、目をつぶってくれるに違いない。家康には関ヶ原の合戦で大きな貸しがあることだし、あまり峻厳な態度に出ないような気がする。

やはり、決行すべきである。

いまさら、中止できることではない。

秀秋の狂気が、決意を新たにさせたのであった。

ところで、黒田長政はどうして三度も、ニヤリとしたのだろうか。それは秀秋が酔っていることに気づいて、どうしようもない中納言だという長政の苦笑だったのだ。家康からの伝言も効果なしと、黒田長政には察しがついたのだろう。

翌日の未の刻――。

杉原紀伊守重治は十日ぶりに目通りを許されて、ホッとしながら秀秋の御座之間へ赴いた。秀秋は酒を飲んでいたが、珍しくも重治の盃を用意させておいた。

重治の顔を見ただけで頭痛が始まり、不快感がこみ上げてくる。それを抑制するために朝から酒の量を増やし、秀秋はすでにかなり酔っていた。

重治を招いたところで用はないのだし、今生《こんじょう》の別れに酒を遣わそうと秀秋は、酔った頭で思い立ったのだ。小姓が重治の盃にも、酒を注いだ。

「ありがたきしあわせ、頂戴つかまつりまする」

恐縮して重治は、盃を手にした。

「酔うほどに、飲むがよい」

秀秋は間を置かずに、重治の盃に酒を注がせた。

重治のほうも嫌いなほうではなし、酒豪として知られている。小姓に酌をされれば、重治はグイと飲み干す。しかし、それだけではおもしろくも何ともないし、かえって気が重くなる秀秋であった。

話すことがないからだろうと、雑談を交わしても長くは続かない。仕方がないので、秀秋は余計なことまで口にする。

「昨日、筑前福岡の黒田どのが、城に立ち寄られた」

秀秋にはそのことのほかに、まったく話題がなかったのだ。

「さようなお噂を、耳に致してはおりましたが……」

重治は真剣に、秀秋の話を聞くことになる。

「黒田どのは、内府どのよりのご伝言ありとして、ご帰国の途中にこの城へ立ち寄られたのじゃ」

思い出したくないことを、秀秋は頭に浮かべていた。

「さようにございまするか」

家康からの伝言というのが、重治には恐ろしかった。

家康の伝言によって例の作り話がバレたのではないかと、勘ぐりたくなるからであった。

「そのほう、だいぶ内府どのに見込まれておるようじゃのう」

秀秋は、薄ら笑いを浮かべた。

「まさか、さようなことがあろうはずはございませぬ」

重治は、秀秋の笑いにも不安を感じていた。

「いや、まことの話じゃ。内府どのはそのほうを世にも稀なる忠臣なりと、再三お褒めのお言葉を賜わったそうな」

「何をもって内府さまは、さようなことを仰せられたのでございましょう。この役立たずめがと、おのれが恥ずかしゅうなりまする」

「そのほうの諫言あるいは進言をおろそかに致すまいぞと、内府どのは余に命ぜられたとのことじゃ」

「恐れ入りましてございまする」

「付家老がさほどまでに忠義を尽くすは、珍しきことのようじゃのう」

「さようにございますか」

「そのほうは豊臣家譜代の家臣、本来なれば大坂城にあって豊臣家への忠勤に励みおるはずであろう」

「ははっ、おそらくは……」

「されど、そのほうは付家老として、この小早川家に仕える無二の忠臣であると、内府どのはお褒めのお言葉をくだされる。そのほうは何ゆえ、余と小早川家に忠義を尽くすのじゃ」

「何ゆえにと仰せられても、お答えの申しようがございませぬ。いったん御当家の付家老をお引き受け致しましたからには、小早川家と中納言さまを一命に代えても、お守り致しますのは当たり前のことと、心得おりまするのにすぎませぬ」

「されば何ゆえに、当家の付家老を引き受けたのじゃ」

「太閤殿下のご恩に、報ゆるためにございまする」

「聞くところによると、そのほう一度は辞退を致したそうじゃな」

「一介の奥右筆にすぎずして付家老の器にあらずと、ご辞退申し上げましてございまする」

「それが、慶長三年三月、余が太閤殿下のご不興を買い、越前（福井県）北ノ庄へ移されしときにあろう」

「ははっ」

「二度目は……」

「それより、百五十日ほどのちのことと相成りまする」

「慶長三年八月、太閤殿下は薨去《こうきょ》あそばされたのう」

さすがに秀秋も、しんみりとした口調になっていた。

秀吉のこととなれば、すべて懐かしい。いったんは秀秋が、父と呼んだ秀吉である。実子の秀頼にはとても敵わないが、怒ったとき以外の秀吉が秀秋を冷遇することは決してなかった。

「その太閤殿下の御遺命として、付家老の一件も含まれおりましてございました」

重治は、うっすらと涙を浮かべていた。

杉原重治も、秀吉を忘れることはできないのだ。重治の過去は、秀吉抜きで語れない。重治のよき時代は、常に秀吉という太陽に照らされていた。

秀吉の遺命のうちで、小早川秀秋に関することは次の三点であった。

その一は、家康の取り成しもあったが秀秋を許すので、筑前・筑後・肥前の本領へ呼び戻すこと。

その二は、秀秋へ形見として吉光の脇差、捨子の茶壺を遣わすこと。

その三は杉原重治への頼みで、小早川家の付家老になること。

特に三点目は秀吉が小早川秀秋の未来を案じて、後事を杉原重治に託したといえる。慶長三年はいまから三年前のことで、秀秋はまだ十七歳であった。

養父の小早川隆景は、前年の夏にこの世を去った。そしていま、秀吉にも死期が迫っている。一人前になっていない秀秋の今後の舵取りを、親身になって誰が手助けしてくれる。やはり遠縁に当たる杉原重治しかいないと、秀吉は断じたのに違いない。

「そのほうを小早川家の付家老に任ずるとして、太閤殿下はいかように御遺命にしたためておられたのじゃ」

秀秋の表情は、どことなく穏やかになっていた。

「重治どの、小早川家付家老のことわが遺命なれば、しかと引き受けくだされ。金吾中納言どのをわが子と思い、くれぐれもお頼み申すと……」

重治の頰を、涙が流れ落ちた。

「さようか」

秀秋は、憮然たる面持ちでいる。

「お見苦しゅうございましょう。勝手ながらこれにて、ご無礼をつかまつりまする」

重治は平伏したあと、涙をふきながら御座之間を退出していった。

金吾中納言どのをわが子と思い、くれぐれもよろしくお頼み申す――。

と、亡き秀吉の声を、秀秋は聞いていた。

太閤殿下が、わが子と思いくれぐれもよろしく頼むと、重治に頭を下げているのだ。重治も恩に報いるため秀吉の遺命に従い、わが子のつもりで秀秋の教育に尽力し続けてきたのである。

わが子と思うことが、重治の秀秋に対する忠義だったのだろう。黒田長政から聞いた家康の伝言と重ねると、杉原重治は秀秋の親のような存在ということになる。

その杉原重治を、秀秋は討てと命じている。親と変わらぬ重治を殺してよいのかと、秀秋は胸のうちで叫んでいた。そのうえ秀秋は、秀吉と家康の両方に背くのであった。

「ならぬ！」

秀秋は、愕然となって立ち上がった。

「越中を、ここへ連れて参れ！」

「殿中のいずこかに、越中は身をひそめておる！」

「越中を、捜し出すのじゃ！」

秀秋は悲鳴に近い声で、小姓たちに命じた。

二人の小姓が、御座之間を走り出た。次の間に控えていた近習二名も、そのあとを追った。

「ならぬぞ、越中！　紀伊を討ってはならぬ！」

村山越中の耳に達するはずもないが、秀秋は仁王立ちになって絶叫した。

八

四人の近習と小姓が、足音を鳴らして駆けて行く。あちこちの板戸や襖を開き、物かげを覗いたりもしている。近習と小姓の叫び声が、いやでも聞こえてくる。

「村山さま、いずこにおられます！」

「村山さま、火急のお召しにございますぞ！」

だが、村山越中はそれに、いっさい応じなかった。秀秋の火急のお召しとなれば、杉原重治の殺害を中止するというのに決まっている。

そのような秀秋の命令は、無視しなければならない。いまや村山越中は秀秋の指示で、重治を殺害する人間ではなくなっている。みずからの意思で、行動する村山越中であった。

間に合わなかったということにして、重治を斬って捨てるのである。この絶好の機会を利用して、村山越中は重治への私怨を晴らすつもりだったのだ。

村山越中は発見されないうちに、身をひそめていた場所から移動を始めた。長廊下へ出て、脇の小部屋にはいる。そこで村山越中は、布で包んである太刀を取り出す。

長廊下は、本丸から二の丸まで通じていた。本丸の方角から、杉原重治がただひとり歩いてくる。やがて重治は、小部屋の前にさしかかる。村山越中は太刀を抜き放って、廊下へ飛び出した。

「御前の命なり！　潔《いさぎよ》くこの太刀を受けよ！」

村山越中は、重治に斬りつけた。

重治には声を発する間もなく、退く暇もなかった。村山越中の太刀は深々と、重治の頭から顔を断ち割った。赤い水を浴びたように血を撒き散らしながら、重治は廊下に倒れ込んだ。

ほとんど即死状態の重治の喉を突いて、村山越中は更にトドメを刺した。無人の廊下ではないので、たちまち大騒ぎになった。その中を村山越中は、悠然と立ち去った。

殿中が騒然となったことから、秀秋にも重治が討たれたのだという察しはついた。一時は絶望感を覚えたが、しばらくすると狂気の秀秋が蘇《よみがえ》った。

もはや、手遅れである。そうなったからには、開き直るほかはない。しかも、村山越中の『御前の上意』という声を、多くの家中の者が耳にした。

秀秋が村山越中に命じて、重治を討たせたということは否定できない。秀秋は主《おも》立った家臣を招集して、その前で重治殺害を命じたことを認めた。

「重治は嫡子重季ともども、日ごろより余に逆らうことその数を知らず。本日、杉原重治は余を諫めると称し、耐え難き暴言を浴びせ申した。いかに付家老とはいえ、それを許さば君臣の道をはずれることと相成ろう。よって余は越中に命じ、紀伊を成敗せしめたり。これよりのち家老、老臣の別なく余を辱しめたる者は容赦なく成敗致す。余にもの申すときは、それを覚悟のうえで罷《まか》り出《い》でよ。一同、さよう心得るがよい」

秀秋は重治殺害を悔いながらも、強気に出ることに終始した。

追いつめられたら、主君の権威で押し返す。威嚇によって、家臣を圧倒する。家康の怒りを恐れる一方で、何とかなるだろうと秀秋は楽観している。

そういう秀秋の性格もあるだろうが、それに三つの力が加わっていた。まず関ヶ原の合戦を勝利に導き、家康に天下を取らせてやったのはおれだという自負である。

日本一の裏切者という天下の批判に傷つき、ヤケになるほど秀秋はそのことを気にかけている。それでいて秀秋はその裏切りによって家康を天下の覇者にしたことを、最高の功績だと慢心しているのであった。

次に秀秋は常時、酒の力を借りていた。酒の力は理屈抜きで、人を怖いもの知らずの強気にさせる。判断力もまた麻痺しているので、ことを二の次にするのである。

もうひとつは、狂気の力だった。これは生まれつきのものではなく、秀吉の養子、小早川隆景の養子、中納言、関ヶ原の合戦での裏切り、五十一万石の大々名といった秀秋の過去の経歴によって、作られた性格の一面であった。

そうした経験もすべて、二十歳までにすませている。若年であれば、性格への影響も大きい。傲慢、驕り、世間知らず、わがまま、無分別、怠惰、好色、意志薄弱、癇癪持ちなどが、秀秋の人間形成に根深く植え付けられた。

それが秀秋に、狂的な感情の起伏をもたらした。いずれにしても、人間的に質の低い若者であることは確かである。とても五十一万石の君主が、勤まる器ではない。

広間に集められた家臣たちも、大半がそのように思った。小早川家の前途は暗く、救いようのない愚者に仕えてしまったというのが、家臣たちの本音だった。

もちろん、村山越中にはお咎めなし。

それ以上に家臣を驚かせたのは、秀秋が重治の嫡子の杉原加賀守重季に切腹を命じたことであった。いちおう父と同様に暴言によって秀秋を侮辱したと、切腹の理由は用意されている。しかし、そのようなことを信ずる者は、ひとりとしていなかった。重季が御前に罷り出て秀秋に諫言したとは、誰もが一度も聞いていなかったのだ。

では秀秋はどうして、重季の切腹にこだわったのか。重季を生かしておけば、岡山城を脱して家康の信任厚い大名のもとに、訴えて出るかもしれない。秀秋はそれを恐れて、重季の死もついでに望んだのであった。

筆頭家老の稲葉正成も暗澹たる思いで、日暮れ前に屋敷へ戻った。稲葉正成はすでに、秀秋に愛想を尽かしている。以来、正成は秀秋を無視することに努め、一度も諫めようとはしなかった。

だが、ついに秀秋の暴君ぶりは、重治殺害にまで至ってしまった。もはや秀秋の狂気に打つ手はないと、正成の胸中には『絶望』の二字しかなかった。

正成は部屋に、妻の福を呼んだ。

正成は稲葉一鉄の子の重通の婿養子になったのだから、重通の娘が最初の妻であった。しかし、その重通の娘は二人の子を生んだが、若くしてこの世を去った。

重通は養女を、正成の後妻とした。それが、福なのである。福はいま二十一歳、正成より十ほど若い。ところが、この福は波瀾万丈の人生を過ごすことになる。

福は明智光秀の重臣、斎藤利三《としみつ》の娘に生まれている。斎藤利三が山崎の合戦に敗れ刑死したあと、福は母や姉とともに秀吉の追及を逃れ、京都などに隠れていた。

その後、更に四国の土佐（高知県）へ逃走する。福、母、姉は土佐の岡豊城で、長曽我部元親の保護を受ける。三年間、土佐にいた。そして再び京に戻った福は、公卿の三条西家に仕え、学問と礼儀を身につける。

文禄四年（一五九五）、福は十五歳で稲葉重通の養女となった。間もなく福は、先妻を亡くした同じ重通の養子、稲葉正成の後妻となる。

正成の妻になってから正勝、正定と二人の男子を生んでいる。現在は三人目の子が、福の胎内にいた。福は教養も知識も十分であり、さすが斎藤利三の実の娘と思わせる気性の激しさを持ち合わせている。

そのうえ少女の時代から苦労を重ねたせいか、並みの女とは違っているところがある。福は何事にも積極的であり、泣き寝入りするようなことを嫌う。女でありながら、野心を持ちそうなタイプだった。

「いかがなされました。お顔の色が、すぐれませぬな」

福は夫が落ち込んでいたりすると、いっそう気の強さを発揮する。

「世も末じゃ」

正成は、肩を落とした。

「お城で、異変がございましたのか」

福は大して、動じなかった。

「紀伊どのが、殿中にて討たれた」

正成は、虚ろな目つきでいる。

「杉原さまは、何者の手にかかったのでございましょう」

「討ち果たしたるは越中だが、そのこと中納言さまのご意向であった」

「中納言さまは、何ゆえ杉原さまを……。以前より中納言さまは、峻厳なる付家老さまがお気に召さなかったとは、風聞として耳にしたことがございます」

「お気に召さぬではすまなくなり、中納言さまは紀伊どのを討たれたのじゃ。加えて中納言さまより、重季どのに切腹申し付くるのご沙汰があった」

「何ということにございましょう」

「忠義なることこのうえなしの付家老の命を奪うとあっては、中納言さまにも小早川家にも先はない」

「中納言さまも小早川家も、お見捨てになられるおつもりでございますか」

「中納言さまは、ご正気にあらず。しかも、あれほど暗愚なる御城主が、ほかにおられようか」

「いかに御奉公申し上げようとも、すべては無駄とお思いにございますか」

「諫言は許さず、邪魔なる者は家老とても容赦なく斬り捨てると本日、中納言さまは声高らかに仰せになられた。このわしにしたとて、近々お手討ちになるやもしれぬ」

「改めて念を押させていただきますが、中納言さま並びに小早川家をお見捨てになられるご決意、変わることはございませぬか。悔いは、残りませぬな」

「合戦の場において太閤殿下より中納言さま麾下を命ぜられ、そのまま小早川家の家老を仰せつかっただけの縁にすぎぬ。わしは譜代でもなく、小早川家に何の恩義もないのじゃ。正気を失いし中納言さまのお守役に一命を賭し、尽くさねばならぬ道理はなかろう。夜更けを待ち、この見限りし岡山城を逃れ出るぞ」

「よろしゅうございます。わたくしも一族郎党を引き連れ、お供つかまつります」

剛胆な福は、顔色を失うことすらなかった。

「とりあえず、備中の庭瀬城を目ざすことと致す」

正成はひとまず友人として懇意な戸川肥後守逵安《みちやす》を頼り、庭瀬城へ逃げ込むことを決めた。

戸川肥後守逵安は、小早川家の家臣ではない。かつて宇喜多家の家老でいたが、お家騒動を嫌って出奔した戸川逵安は家康に仕えることになった。その後、戸川逵安は関ヶ原の合戦で功を認められ、庭瀬三万石を賜わったのである。

岡山を境に、備前と備中は分かれている。岡山の御城下を西へ抜ければ、もう備中であった。岡山城から庭瀬城までは、わずか二里半（十キロ）の距離しかない。

正成はみずからも含めて、家来全員を武装させた。夜半になって、屋敷を出る。貴重品を荷物にまとめ、幼児たちを背負い、老若男女を合わせて総勢百人が、大手門から岡山城を退去する。

筆頭家老が百人からの一族郎党を引き連れて、夜中に城外へ出て行くという前例のない出来事に、大手門の守備兵たちはあっけに取られて制止しようともしなかった。

第三章　それぞれの運命

一

稲葉正成の一行百人は、真夜中の闇の中を西へ進んだ。

追撃を警戒して、武装した家来どもを後尾に集める。福にも乗り物はなく、馬の背に腰を据えた。ほかの女人たちは、赤子や幼児を抱いての徒歩だった。

馬のいななきを殺し、私語を禁じて急がずに歩く。数名の先遣隊が、庭瀬城へ馬を走らせていた。戸川肥後守逵安に急を知らせ、正成以下百人ほどがここへ避難してくることを告げるためであった。

正成、危うし——。

危険な立場に置かれた友人を、見捨てるような戸川逵安ではなかった。何しろ宇喜多家という大々名の家老の地位を、あっさり見限るといった剛の者である。

それに戸川逵安自身にも、お家騒動に嫌気がさして出奔した経験があれば、正成が主家を見捨てた気持ちもよくわかる。よほどのことがなければ、五十一万石の大名の筆頭家老が逃げ出したりはしない。

正成は、正しいのだ。

正しき者には、味方する。

友を救うべしと、戸川逵安は信義も厚かった。

庭瀬城の者たちは、深夜だというのに残らず叩き起こされた。家臣の大半は戸川逵安の人柄を慕って、庭瀬城に集まってきた旧宇喜多家の牢人であった。

腰抜けはひとりもいないし、逵安のためには命を惜しまない連中ばかりだった。それがたちまち甲冑に身を固めて、板敷きの大広間に勢ぞろいした。

「合戦じゃ、敵は岡山の小早川なるぞ」

戸川逵安は、楽しそうに笑った。

家臣一同も、動揺することがなかった。笑ったり言葉を交わしたりはしないが、何事もなかったように平然としている。血気に逸ったり、気負い立ったりする様子もない。

「関ヶ原以来じゃのう。それも三万石のわれらが五十一万石の軍勢を迎え撃つとなれば、これほど心地よき合戦はなかろう」

気の早い戸川逵安は、間もなく合戦が始まるものと決め込んでいた。

正成が率いる百人は二里半（十キロ）の距離を、一時半《いっときはん》（三時間）かかって歩き通した。東の空が白みかけていたが、無数の松明《たいまつ》と篝火《かがりび》が庭瀬城を昼間のように明るくしている。

城門が開かれて、正成の一行を迎え入れる。子どもと老人を休ませて、女人たちは城中の女たちとともに炊き出しを始める。男衆は戸川家の家臣と協力して、土木作業に取りかかる。

土木作業は堀を深く掘り返し、柵を厳重に張り巡らし、土塁を積み上げ、逆茂木《さかもぎ》を連ねる。城の各櫓には見張りに立った兵がいて、四方に視線を投げかけている。まさに、臨戦態勢であった。

「お世話になり申す。戸川どのがご好意には、心より謝意を述べたい」

正成と福は、戸川逵安の前に頭を下げる。

「水臭いことを、申されるな。互いの危難は、救い合うて当たり前にござる」

戸川逵安は、正成の盃に酒を注いだ。

「実は……」

正成はいちおう戸川逵安に、岡山城を脱出せざるを得なかった事情について、これこれしかじかと説明を聞かせた。

「日本一の裏切者に加え、中納言どのは天下一の愚か者よ」

戸川逵安は、哄笑した。

「岡山城に残る重臣どもが、気の毒でならぬ」

正成は特に殺害された重治の長男で、切腹を命ぜられた杉原重季の身を案じていた。

「いや、重臣の方々も稲葉どのがあとを、追うことに相成ろう。岡山城には重臣も老臣も、ひとりとしておらなくなるのじゃ」

「村山越中を除き、あるいは家老・重臣は残らず岡山城より立ち退くやもしれぬ」

「家老・重臣がおらぬ大名とは、これまで聞いたことがござらぬ」

「おそらく、先例がござるまい」

「諸侯は驚くばかりか、あきれ果てましょうな」

「天下の笑いものよ。哀れな……」

「いやいや、愚か者にはこのうえなき良薬にござるぞ。日本一の裏切者となり申したるがゆえに、名ばかりの岡山城主に奉られたことを思い知るであろう」

「さて、かの中納言どのにそれほどの分別が、果たしてござろうか」

「いずれにせよ、太閤殿下のご威光をもって中納言になり申した木偶《でく》の腰抜け大名と、一戦を交えるのじゃ。一千、二千の小早川勢を、この戸川が蹴散らしてご覧に入れよう。さすれば正気を失いし愚か者も、目が覚めるに相違ない」

戸川逵安は、大太刀を引き寄せた。

「小早川勢は明日にでも、押し寄せましょうか」

正成は、武者震いをした。

「待ち遠しいのう、内匠《たくみ》どの」

戸川逵安は、あくまで豪放磊落であった。

正成が佐渡守に叙せられたのは後年のことで、このころは稲葉内匠正成だったのだ。のちの呼び方だと、内匠頭《たくみのかみ》ということになる。

まる二日間で庭瀬城は、小城ながら要塞化した。守りが堅固な砦といってもいいが、籠城を目的としている。鉄砲の玉、矢、兵糧などの蓄えも十分であった。

攻める必要はなく、守ればよかった。庭瀬城を落とすのに、二十日間はかかる。小早川が庭瀬城を攻めたとなれば、家康が黙視していない。二十日もたたないうちに、徳川方の大軍が岡山城を包囲する。

戸川逵安には、そういう計算もあったのである。

その日、杉原加賀守重季が庭瀬城を訪れた。杉原重季は妻子のほかに、数人の家来しか連れていなかった。重季は正成よりも早く、岡山城を脱出したらしい。

その後、二日ばかり身を隠していた。だが、正成の一行が庭瀬城にいるという噂を耳にして、重季は姿を現わしたのだった。重季は戸川逵安に、妻子と家来を預かってもらいたいと懇願した。

「何ゆえに……」

正成が尋ねた。

「それがしには、なさねばならぬことがございます。父の遺恨を晴らすため、村山越中を討つことにございます」

眼球が血走り、重季の目つきも尋常ではなかった。

「それは殊勝なる心掛けなれど、村山越中は合戦においていくたびとなく勇者として賞されておる」

正成には、仇討ちなど無理だとわかっていた。

「承知しております」

「村山越中は、腕が立つ。無念であろうが、そのほうの手に負える相手ではない」

「それゆえ、これより修行に打ち込む覚悟を致しましてございます。それがし切腹仰せ付けられしことを恐れ、城を逃れたわけではございませぬ。村山越中を討ち果たせる腕前と相成るまで、修行に励むためにございます。たとえ五年、十年かかろうとも必ずや一流の兵法者となってご覧に入れます」

「武者修行の諸国遍歴に、足手まといになる連れがあっては困ると申すのだな」

「勝手なる願い事とは重々承知にございますが、何とぞそれがし心中お察しくだされたく存じます」

重季は、涙を流していた。

「戸川どの、いかがにござろう」

正成としては、戸川逵安の意思に任せるほかはなかった。

「よろしい。この戸川肥後、命ある限りしかとお預かり申そう。本懐を遂げたるときは、必ずや引き取りに参られよ」

戸川逵安は、莞爾《かんじ》とほほえんだ。

「かたじけのうございます。断じて、忘恩つかまつりませぬ」

重季は、平伏した。

翌日、妻子と家来に別れを告げて、杉原重季はひとり旅立った。庭瀬城をあとにしたこのときから、重季の苦難の人生は始まる。諸国遍歴といっても武者修行のためとなれば、人間らしい生活はいっさい望めない。獣と変わらない生き方であり、兵法の修行は命を縮めるほど厳しい。重季の場合は、それが十六年間も続くのである。唯一さいわいだったのは一刀流の祖にして、剣聖と謳《うた》われた伊藤一刀斎を七年間も師と仰げたことだけであった。

一方、岡山城の小早川秀秋は、居ても立ってもいられない衝撃を受けていた。まさか筆頭家老の稲葉正成が真っ先に、自分に見切りをつけて岡山を退去するとは、思ってもみなかったからである。

筆頭家老に、見捨てられた。

次いで切腹を命じたいわば罪人の杉原重季にも、まんまと逐電《ちくでん》を許してしまった。これで杉原重季の口を、封じることもできなくなった。

秀秋にとっては、このうえないショックだった。正成と重季が逃亡したことは、あっという間に城中に知れ渡る。家中の者どもは混乱し落ち着きを失い、城中は暗雲が立ち込めたように沈鬱な雰囲気となった。

秀秋の酒量も、これまでの倍に増えた。朝から浴びるように酒を飲み、食べものはまったく口にしなくなった。髪の手入れも嫌うので、人相まで変わった。

「庭瀬城を一気に、攻め落としましょう」

村山越中は、しきりとそのように進言した。

「庭瀬城を攻めたき思いは、山々なれど……」

秀秋の盃を持つ手が、左右に震え続けている。

「杉原加賀（重季）も、庭瀬城へ逃げ込んだとの噂にございます」

杉原重治を手にかけた者として、村山越中も必死であった。

「いや、待て。庭瀬攻めは、見合わせねばならぬ」

いかに暗愚な酔っぱらいだろうと、単純明快なことなら見通せる。

秀秋は、戸川逵安と同じように読んでいたのだ。

戸川逵安は徳川家に属し、家康から庭瀬三万石を与えられている。その庭瀬城を攻撃すれば、徳川家に対する反逆と見なされる。すでに秀秋は家康の命令に背いて、杉原重治を殺害している。

それに関しても家康から、いつどのようなお咎めがあるかわからない。加えて庭瀬城を攻めたとなれば、それはもう公然たる謀叛と受け取られる。

家康の秀秋に対する評価は、極端に低い。そのうえ小早川家は徳川の譜代でもなし、豊臣家との縁が深かった。

いまは関ヶ原の合戦での寝返りを賞して、秀秋を岡山五十一万石の大名に仕方なくしてやっている家康である。できれば秀秋を追放したいというのが、家康の本心だろう。

そういう家康には、秀秋の反逆こそ絶好の口実になる。

秀秋、謀叛――。

家康は、岡山へ軍勢を差し向ける。姫路五十二万石の池田勢と、広島四十九万八千石の福島勢だけで十分であった。東から池田勢が、西から福島勢が進撃してくれば、岡山に到着する前に降伏することになる。

岡山城は、直ちに開城しなければならない。最悪の場合は小早川家を断絶、秀秋に切腹の沙汰が下るだろう。よくても、どこか辺地の大名にお預けとなる。

そうならないためには、庭瀬攻めを自重するしかないのだ。秀秋はそのような判断に基づき、ついに庭瀬への出兵を控えた。合戦はいまかいまかと張りきっていた戸川逵安も、拍子抜けすることになる。

「岡山城に出陣の気配は、微塵もございませぬ」

そう報告があったのは、正成の一行が庭瀬城を頼ってから十日後のことだった。

十日も動かずにいて、その後いきなり攻撃に転ずることはあり得ない。小早川秀秋に、庭瀬攻めの意思はないのだ。そうなると正成も、いつまでも庭瀬城に厄介になっているわけにはいかなかった。

滞在が長引くと、何かと戸川逵安に迷惑が及ぶ。正成は戸川逵安に厚く礼を述べて、庭瀬城を出ることにした。

しかし、これから先のことは、何もわかっていない。行き先も定まっていないし、流浪の旅に等しい。安定した暮らしも望めなければ、百人からの集団がともに行動するのは不可能だった。

それで頼れる先、縁故者、実家といったアテのある家来や奉公人とは袂を分かつことにした。多くの家来と奉公人たちが別れを惜しみつつ、庭瀬から四方へ散った。

残ったのは家来十二名と、奉公人三名であった。二十人たらずと身軽になった一行は、庭瀬から南へ下る。現在の児島半島の西の端に、瀬戸内海へ突き出た岬がある。

岬の突端に、下津井というところがあった。庭瀬から六里（二十四キロ）で、下津井につく。

その下津井から一行は船に乗り、瀬戸内海を大坂へ向かった。

大坂から生国の美濃（岐阜県）へと、旅を続ける。

だが、凱旋とか故郷に錦を飾るとかいった華々しい帰国とは、およそ違っている。主君の小早川秀秋の狂乱ぶりを恐れ、あまりの愚かさに愛想尽かしをして岡山を退去した。ほかの大名に拾われることもなく、行くところもなくてやむなく美濃へ戻ってきた。江戸時代の後期なれば、逃亡した脱藩者という汚名を着せられる。

そんなことなので、召し抱えたいと声をかける大名もいなかった。

正成とその一家は、谷口というところに閑居した。餓えることはないにしろ、正成は落ちぶれ果てた牢人と変わらなかった。

二

正成は先妻とのあいだに二人の子がいたが、福もすでに正勝、正定と二人の男子を生んでいた。三人目を妊娠中だった福は、長旅や気苦労にも負けず谷口村で無事に出産する。しかし、岩松と名付けたその子どもは、夭折した。

だが、福は慶長八年（一六〇三）に、四度《よたび》懐妊した。この年の二月には、家康が将軍に任ぜられた。翌年の夏、福は男子を生んだ。幼名が内記《ないき》、三男の正利である。

「このままで、稲葉家を終わらせてはなりませぬぞ」

三人の男子の母となって、福はいっそう気丈さを増していた。

「承知しておる」

牢人して三年目、三十五歳になった正成にも焦りはあった。

「男子が、三人もそろうております。稲葉家を再興致さねば、天下に恥をさらすことになります」

福も大名の家老の室から牢人の妻となって三年、年齢も二十六歳になっている。

「うむ」

正成がどうにかしたくても、そう簡単に成就する願い事ではない。

「この福も、力を尽くします」

福は、必死の面持ちでいる。

「そちの力まで、借りねばならぬのか」

正成のほうが、はるかに弱気であった。

「お仕え致すのは、徳川家を措《お》いてほかにはございませぬ」

福は、言い放った。

「何を申す」

正成は、驚きの目を見はった。

「それも、御前さまのみではなりませぬ。正勝、七之丞（正定）、内記（正利）も徳川家にお仕え申し上げるのでございます。父子四人がそろうて、徳川家の臣としてご出世なされませ。それでこそ、稲葉家の再興と申せましょう」

福の決意は焼いた鋼《はがね》のように、熱くなっていた。

不言実行を常とする福は直ちに、京都へ旅立った。福は京都所司代の板倉勝重に、面会を求めた。面識のある福だったので、板倉伊賀守勝重は会うことを承知した。

福の話は最初から最後まで、稲葉正成の徳川家の仕官を斡旋してくれという懇願であった。

板倉勝重は、困惑した。京都所司代の口ききぐらいで、実現するようなことではないからである。

何か特別な功労があって家康の表彰があったりしたのならば、その機会に何とぞお召し抱えくだされますようにと口添えもできる。だが正成は田舎に引きこもっているだけの牢人で、何かキッカケになるようなことがまるでないのだ。

「難しゅうござる」

板倉勝重としても、断わるほかはなかった。

「手の打ちようも、ございませぬか」

福はなおも、食い下がる。

「於福《おふく》どのなれば、徳川家にお仕え申し上げることはむしろ容易と思われる」

冗談ではないにしろ、板倉勝重がそれほど真剣になって言ったことではなかった。

「わたくしが……」

しかし福は、笑いもしなかった。

「さよう。大奥に、お仕え申し上げることと相成る」

「よろしゅうございます。わたくしが稲葉に代わりまして、御奉公させていただきたく存じます」

「まことにござるか」

「いまのままでは、稲葉家は相絶ゆることとなりましょう。それを何とか避けんがためには、わたくしが御奉公申し上げるほかはございませぬ」

「それほどのご覚悟なれば、それがしもお力になる甲斐がござる」

「何とぞ、よろしくお取り計らいくださいませ」

「承知つかまつった。さっそく、ご推挙申し上げる」

いつの間にか、板倉勝重も真摯な気持ちになっていた。

「かたじけのう存じます」

福のほうも、決心は固まっていた。

福は、江戸へ赴く。大奥奉公に、有夫でいることは禁じられる。また、子連れであってもならない。正成とは、離別することになる。子どもたちとも、遠く離れて生きなければならない。

だが、それも三人の子の将来のためには、やむを得ない。稲葉家を武家として、成り立たなくさせてはならない。三人の子を、長年の牢人暮らしののちに帰農させるか。それとも、大名にするか。

福が大奥において絶大な権力を握れば、何事も意のままになる。三人の息子たちを、大名にまで出世させるのも夢ではない。福の大胆な野心は、そこまでふくらんでいたのであった。

実は板倉勝重のもとに、江戸からの指示があったのである。それは、大奥に奉公する乳母を求めるということだった。家康の三男である秀忠の正室は浅井長政の娘で、お江与《えよ》の方《かた》と称されている。

慶長二年（一五九七）に、長女千姫。

慶長四年に、次女の子々姫。

慶長六年に、三女の勝姫。

お江与の方は、このように三人の娘を生んでいる。そして、いまも懐妊中で予定としてお江与の方は、七月に出産のはずであった。赤子が生まれれば、乳母を必要とする。

お江与の方はその乳母として、京都の女人を望んだのだ。そのため板倉勝重は、条件に合う乳母の推挙を命じられた。もちろん、条件は厳しい。

もし男児が生まれたら、将軍家康の嫡孫となる。将軍家の嫡孫の乳母になるのだから、それなりの資格を有しなければならない。板倉勝重にとっても、難題であった。

血筋、出自《しゅつじ》（家柄）、一門の動向、容姿、知識と教養、礼儀作法などが一流であり、それに育児の経験があって、近々出産したかその予定でなければならない。

そんな女人が簡単に見つかるものかと、板倉勝重は焦燥感に駆られていた。そうしたところへ、福が向こうから飛び込んできた。板倉勝重がつい福なら推挙できると、口走ったのもそのためだった。

板倉勝重は急遽、江戸へ早馬を遣わした。お江与の方の出産のときが、迫っている。乳母の選定に、手間取ってはいられない。江戸大奥では、乳母の人選を急いだ。

父は明智光秀の五重臣のひとり斎藤利三、血筋や出自に問題なし。

公卿の三条西家に行儀見習いに上がり、学問を身につける。知識、教養、礼儀作法は一流にして短歌、茶道、舞いに秀でる。

稲葉内匠正成の正室となり、岡山五十一万石小早川家の筆頭家老の妻という身分でいた。

稲葉一族に、問題点なし。

容姿端麗にして、胆力を備う。

二人の男子、養育の経験あり。

現在、乳飲み子を抱う。

いまでこそ美濃の住人なれど、その半生は京都との縁深し。

福は、合格となった。福は正成と離別し、独りに戻る。正勝、正定とはしばしの別れとなるが、乳飲み子の内記は乳の出をよくするためにも、江戸へ連れて行くことを許された。

福と内記を乗せた輿は一路、江戸城へと急いだ。このときが、稲葉家の暁であった。ただの乳母ではなく、大奥での権力を握る。それが稲葉家の日の出になるのだと、福は繰り返しつぶやいた。

七月十七日、お江与の方は男児を出産する。福はどこまでも、幸運であった。この幼名を竹千代と称する男児は、順調にいけば三代将軍となる。福は三代将軍の乳母、という立場に置かれるのだ。

福はわれを忘れて、竹千代の乳母の役目を果たした。幼児としても暗愚であり将軍継嗣《けいし》を危ぶまれる竹千代の養育に、福は全力を尽くす。竹千代は福を、実母のように慕うようになった。

福の言うことには何でも従うし、礼儀作法の点でも福の教育の結果が竹千代に表われていく。お江与の方は安心して、竹千代のことを福に任せっぱなしにする。

福の熱意と忠義に胸を打たれて、秀忠も一目置くようになった。家康の信任も厚く、福が男であれば幕閣に加えたいと思った。大奥における福の発言権は、日増しに強まっていった。

そのことはたちまち、福の前夫の稲葉正成の運命にも影響を及ぼす。

福が竹千代の乳母になってたった三年後の慶長十二年（一六〇七）、秀忠は突如として関ヶ原の合戦の功績を理由に、稲葉正成に一万石を賜わった。

これより二年前に家康は、将軍職を秀忠に譲っている。その二代将軍の秀忠に、正成は急に好遇されることになったのだ。しかし、そうした命令を下したのは、大御所《おおごしょ》として実権を握る家康である。

いずれにしても美濃の羽栗郡のうちの九千石、生家の旧領だった一千石、合わせて一万石を正成は与えられた。一介の牢人から、一万石の領主となったのであった。

大坂の陣でも戦功を認められて、一万石加増の二万石になる。以来、稲葉家は四万石、八万五千石、九万五千石、十一万石と堂々たる大名ということで名を挙げる。

一万石の領主に復帰して二十年後の寛永四年（一六二七）に、稲葉内匠正成は従五位下の佐渡守に叙任となるのであった。かくして稲葉家は十六代まで大名の地位を維持し、明治まで存続する。

稲葉佐渡守正成は寛永五年（一六二八）、五十九歳でこの世を去る。家督を相続したのは福が生んだ長男の正勝で、家光の力によって小田原八万五千石の老中にまで出世している。

家光は福の一族、養子を含めた縁者をことごとく取り立てている。福自身も、表舞台に登場するようになった。特に寛永六年、紫衣《しえ》事件に関する朝廷と幕府の対立を緩和させるため、福は後水尾天皇に拝謁して、天皇より『春日』の名号《めいごう》を賜わった。

これ以後、福は春日局《かすがのつぼね》と呼ばれるようになる。その春日局も寛永二十年（一六四三）、家光の涙に見送られながら六十五歳で没した。

以上が小早川秀秋に絶望して、岡山を捨ててからの稲葉正成それに福の運命と人生である。

三

話を慶長六年の十一月に、戻そう。

稲葉正成、杉原重季に次いで、岡山脱出を図ったのは滝川出雲であった。

滝川出雲は、徳川家の家臣ではない。小早川家のレッキとした重臣だった。ただ滝川出雲には、家康の息がかかっている。岡山領内の統治、秀秋の行状に何か異常があれば、すぐに知らせよと命令されていた。

これまでも滝川出雲は逐一、秀秋の乱行について京都所司代に申し送っている。秀秋に統治能力なしと実例も加えて、京都所司代に書状を届けていた。

それらを家康はすべて、京都所司代の板倉勝重からの使者の手を経て受け取っている。そういう立場にあるだけに、滝川出雲が岡山城でウロチョロしているのは危険だった。

「わしもひそかに、岡山を退出致そう」

滝川出雲は、大井竜之介という腹心に本音を打ち明けた。

「内匠（正成）さまが逃走されたとなれば、もはやこの岡山城中の乱れは収まりますまい」

大井竜之介は、笑みを浮かべていた。

「まずは家来どもを三々五々、城外へ出すことじゃ」

「諸門の守りは、厳重を極めておるようでございます」

「城中を脱することを許すまいと目を光らせおるは家老、重臣をはじめ重きお役目についておる者に限られる。陪臣並びに奉公人どもは墓参り、知り人に用事あり、買い求めたきものありと申し出れば、御門の出入りは容易のようじゃ」

「なれば家来、奉公人を老若男女の別なく三々五々、御城下へ出向くことに致せばよろしゅうございますか」

「うむ、急ぐのじゃ」

「ははっ」

「わしには、身内なる者がおらぬ。かようなときには、妻も子もなきこと甚《はなは》だもって好都合よ」

「さりながら御前もやがては、御門をご通行致されることと相成りましょう」

「わしには、よき思案がある」

滝川出雲は、目を細めて笑った。

「いかなる策なりや、楽しみに致しております」

大井竜之介にも、大して心配している様子はなかった。

二日ほどかかって滝川出雲の家来と奉公人の大半が、岡山城外へ出た。残ったのは出雲と竜之介、それに四人の奉公人だけであった。いよいよ、出雲の番である。

滝川出雲は、亡妻の遺品を利用した。亡妻が正装に用いた衣服を、滝川出雲はそっくり身にまとった。顔と髪はどうにもならないので、白絹の布で包んだ。

これも亡妻の遺品である輿に、滝川出雲は乗り込む。前方だけに御簾を垂らした張輿《はりごし》で、それを四人の奉公人が担ぐ。大井竜之介が、先頭に立つ。

御簾を通して見ると、輿に乗っている人間はぼやけている。女装していれば、女としか思えない。

大手門を避けて、石山門へ向かう。石山門も鉄砲、槍を手にした三十人からの兵が厳重に固めている。

内山下《うちさんげ》と呼ばれる二の丸の屋敷を、あとにする。

「滝川出雲さまが叔母上、ただいまより蓮覚寺へ御祈禱に参られる。何とぞ、お通し願いたい」

大井竜之介は、勇者の誉れ高き武士である。

臆《おく》することなく、竜之介は責任者の武者に告げる。

竜之介の剣気を含んだ眼光の鋭さに気圧されて、責任者は兵たちに開門を命じた。城門が、ゆっくりと開かれる。輿は門を抜けて、城外を目ざす。

滝川出雲に、叔母などいない。また、蓮覚寺といった寺も、岡山には実在しなかった。とにかく女が通行するならば守備隊も気を許して、深くは考えないだろうと竜之介は口から出まかせの嘘をついたのだ。

「あいや、しばらく！」

大声が、飛んできた。

「急げ、急ぐのじゃ」

竜之介は、輿の担ぎ手を叱咤した。

四人の担ぎ手は、走るように足を早める。自分たちにも恐怖心があるので必死であった。みるみるうちに、輿は遠ざかっていく。あとに残ったのは、竜之介ひとりだった。

「待たれい！」

守備隊長が、怒声を放った。

大井竜之介は少しもあわてず、ぶらぶらするような足どりで城門へと引き返していく。守備隊の兵たちは、鉄砲や槍を竜之介へ向けている。

だが、落ち着き払っている竜之介が、不気味に感じられる。それに圧倒されてか兵たちは、鉄砲も槍も使えずにいた。守備隊長も、真っ青な顔でいる。

「何事にござる」

大井竜之介は、余裕たっぷりだった。

「蓮覚寺とは、いずこにござる」

守備隊長の声は、震えを帯びている。

「さて……」

竜之介は、首をかしげた。

「知らぬと申すのか」

「いずこにあるものかは、それがし聞いておらぬのじゃ」

「いまひとつ、滝川出雲さまの叔母上が内山下のお屋敷に住まわれておるとは、耳に致したこともない」

「さようか」

「輿を使われたのは、女人を装うた滝川出雲さまに相違あるまい」

「そのほうどもも、情けないのう。男と女の見分けもつかずに、まんまと取り逃がすとは……」

「黙れ！」

「そのうえ、岡山城を去る方々をいまだに、ひとりとして捕えることができぬ。そのほうども、恥を知るがよい」

「おのれ！」

「されど、この大井竜之介も武人なり。そのほうどもに大恥をかかせて、知らぬ顔はできまい」

「われらを、愚弄するつもりか」

「その逆じゃ。わが主君並びに家来一同、すでに岡山を去っておる。そのほうどもも残らず取り逃がしたとなれば、面目が立つまい。それでは、あまりにも気の毒。またわが滝川家の者も、卑怯の悪名を残すやもしれぬ。よって、せめてそれがしの首を刎ね、中納言さまへの申し開きとされよ」

大井竜之介は、口もとを綻《ほころ》ばせた。

「な、なんと……！」

驚いたのは、守備兵のほうだった。

「いざ！」

大井竜之介は脇差を抜き放つと、仁王立ちになったままで腹をかき切って倒れた。

守備兵は、輿を追うどころではなかった。おかげで滝川出雲は、何事もなく逃れることができた。出雲は途中で衣服を改め、輿などを四人の奉公人に与え、単身にて京都へ向かった。

京都で所司代の板倉勝重に会い、小早川家の惨状と秀秋の行動について出雲は詳しく説明した。そのとおりの内容をそっくり、板倉勝重は江戸の家康に報告する。

家康の側近たちは、激昂した。何しろ合戦に明け暮れる人生を過ごしてきた武功派の猛将たちで、善悪だけで物事に決着をつけたがる荒っぽい側近がそろっている。

「謀叛にございますぞ」

「仰せに従わず杉原どのを討ちたるは、明らかに逆心によるものでございます」

「それも村山越中なる者の手を借り、闇討ちに致すとは言語道断」

「中納言どのに、お咎めあって然るべし」

「姫路の池田と広島の福島に、岡山城を攻めさせましょう」

「岡山城の開城を迫り、そのうえで中納言どのに切腹を仰せ付けくだされ」

このような意見を、家康は黙って聞いていた。意見が出尽くすのを、待っていたらしい。やがて一同が、何となく言葉を失う。待っていたとばかりに、家康は口を開いた。

「ほうっておけ」

家康は、ニヤリとした。

あまりにも意外な家康の結論に、誰もが無言でいた。

「愚か者の始末に、手間取ってはおられまい。われらにはほかに、やらねばならぬことが山ほどあろう。それにのう、無駄な軍用金を使わせては、姫路の池田や広島の福島に気の毒じゃ」

家康は、声を上げて笑った。

「かの中納言は、われらが手を下すほどの人物にあらず。中納言がみずからわが身を滅ぼすのは、間もないことであろう。愚かなる中納言が自滅を致すまで、ほうっておけばよいのじゃ」

いかにも家康らしい考え方だが、秀秋が近いうちに自滅することを見抜いていた慧眼《けいがん》はさすがであった。

一方、滝川出雲は惨めな境遇に陥っていた。小早川家を出奔して、二千石の知行を失ったわけである。かつては徳川家に属していたが、いったん小早川の家臣になったのだから、家康に救いを求めるのは筋違いというものだった。

牢人となった滝川出雲は、諸国を流れ歩くしかなかった。滝川出雲はあちこちの城の縄張りを見学したり、城の造りそのものを観察したりした。出雲はいつの間にか、築城術を学んでいたのである。

家康が夢を見たように出雲のことを思い出したのは、五年後の慶長十一年（一六〇六）であった。大御所となって一年後で、家康は江戸から駿府《すんぷ》（静岡）へ移る計画を進めていた。

家康は気になったので、出雲がどこで何をしているかを調べさせた。答えは、すぐに出た。出雲は浪々の身ながら、諸国を遍歴して築城術を学んでいるということである。

家康は、出雲を召し出した。

家康と出雲は、築城について議論を闘わせた。出雲は蘊蓄《うんちく》を傾けて、優れた築城術というものを語った。その底の深い知識と理論的な解説に、家康は感嘆させられた。

「そのほう、城造りの達人じゃ。余は駿府に、城を築くつもりでおる。さようなときに、頼もしき指南番を得たものじゃ」

家康は、大喜びであった。

「いまだ、未熟者にござりまする」

平伏した出雲は、全身の震えがとまらなくなっていた。

「達人ほど未熟者と、謙遜したがるものよ」

家康はその場で采地《さいち》二千と十石余りを、出雲に知行《ちぎょう》することを決めた。

出雲は、忠征《ただゆき》と名を改めた。すでに豊前《ぶぜん》守に叙任されているので、滝川豊前守忠征となる。

二年後、駿府城の普請のとき、出雲は奉行を命ぜられた。

更に二年後の慶長十五年（一六一〇）、尾張に名古屋城を築く際も、出雲は普請奉行を承った。

大坂冬・夏の陣でも、出雲は参戦している。家康が他界するとその遺命により、出雲は尾張大納言義直に仕えることになる。出雲は尾張家の家老にまで昇進したが、寛永十二年（一六三五）二月二日にこの世を去った。

これが小早川家と訣別したのちの出雲こと滝川忠征が、たどった人生と運命ということになる。

四

再び話を、慶長六年の十一月に戻すことにしよう。

杉原重治は、殺害によってこの世から消滅した。

その嫡男の杉原重季も、岡山城から逃げ出して消息不明になっている。

筆頭家老の稲葉正成も秀秋を見限り、岡山城を退去して牢人になった。

学者肌の重臣だった滝川出雲も女装して岡山城を脱走、やはり牢人の暮らしに甘んじているという。

そこまで嫌われて、家老や重臣を次々に失う大名がほかにあろうか。ようやくそういう気になったが、秀秋には相変わらず反省と後悔がない。

泥酔することで、自分を誤魔化す。家老や重臣のなり手はいくらでもいるが、実力がともなわない。政策のひとつも立てられないので、領国統治も乱れに乱れている。お先、真っ暗だった。

だが、泥酔すれば別人になれる。孤独感が、消えてなくなる。領国統治もいまに何とかなるだろうと、気を大きく持てる。何の根拠もないが、希望が湧いてくる。

秀秋は、泥酔することで救われる。だから秀秋は、切れ目なく泥酔を続ける。しかし、どんなに泥酔しようと、どうしても救われないことがひとつだけあった。

それは、亡霊である。

本丸から二の丸に通じる長廊下で、杉原重治は惨殺された。その場所に杉原重治の亡霊が現われるという噂から、まず秀秋の苦悩が始まった。

昼夜の別なく秀秋はふと、杉原重治の姿を見かけるようになった。後ろ姿のときもあるし、廊下ですれ違うこともあった。平伏している場合も、少なくなかった。

秀秋は、ハッとなる。金縛りに遭ったように、全身が動かなくなった。手足が、音を立てんばかりに震える。だが、次の瞬間に杉原重治の姿は、空気にでも吸い込まれるように消え失せる。

間もなく眠っているあいだにも、杉原重治の亡霊が秀秋の枕頭《ちんとう》に立つようになった。亡霊は秀秋に、襲いかかったりはしない。ただ真っ白な顔が悲しげで、恨めしそうな目でじっと秀秋を見つめているのにすぎない。

しかし、それでも恐ろしい。胸を踏みつけられるような息苦しさに、秀秋は悲鳴を上げて飛び上がる。冬だというのに、汗びっしょりであった。

屏風が倒れている、太刀が投げ出されている、枕が遠くへ飛んでいる、盃が砕かれている、といったことが夢ではない証拠である。秀秋は恐怖のために、夜中からでも酒を飲み始めるほかはなかった。

村山越中が杉原重治を殺害した場所には廊下の床板、板戸、天井などに点々と血痕が残っている。秀秋はそれらを取り壊し、新しい廊下と天井と板戸にした。

だが、そうしたところで、何の効果も現われなかった。相変わらず秀秋は、重治の亡霊に悩まされることになる。秀秋は村山越中に、寝所における不寝番《ふしんばん》を命じた。

村山越中も同罪なのだから一晩中見張っていて、秀秋を苦しめる杉原重治の亡霊を追い払って、当然ということなのである。やむなく村山越中はその夜から秀秋の寝所に詰めて、亡霊の見張りを務めることになった。

すると不思議なことに、亡霊は現われない。村山越中が都合により不寝番を怠ると、それを待っていたように秀秋の寝所に杉原重治の亡霊が出現する。しかし、村山越中が秀秋の寝所に詰めている限り、亡霊が枕辺に立つことはない。

「わしに討たれたとなれば、亡霊もわしを恐れるのであろう」

「亡霊も遠慮致すとは、わしが剛の者の証《あか》しよ」

村山越中は、得意になっている。

得意になるのは一向に構わないが、肝心な秀秋が病人になりかけていた。頼れる重臣を何人も失ったうえに、杉原重治の亡霊を恐れるという二重の苦悩が秀秋を精神的に追いつめている。

それに加えて秀秋は、酒浸りであって何も食べようとしない。それでは、肉体的にも参るのが当然である。顔は土気色で、目がどんよりとしている。

骨と皮だけに痩せ細って、だるそうにしていた。まだ二十歳という若さなのに、皮膚が皺だらけだった。身体のあちこちに、赤や紫色の斑点が認められる。

「精のつくものをたんと召し上がらねば、御一命にも障《さわ》ります」

医師団は、そのように口をそろえる。

だが直接、秀秋にそう伝える医師はいない。秀秋が素直に耳を貸すはずはないし、怒りを買えば手討ちにされるかもしれない。それを恐れて医師団は、秀秋に食事をすすめようともしなかった。

そうなると重臣が、諫言するしかなかった。いまの小早川家では家老、年寄、後見役とかいわれる最高位の重臣はたったの三人に減っていた。

平岡石見守頼勝。

松野主馬入道道円。

伊岐遠江守真利。

平岡頼勝は、早くから小早川家の家臣になっている。少年時代の秀秋に仕えて、家康とも知己《ちき》の仲にあった。家康は関ヶ原の合戦での戦功を賞して、平岡頼勝に備前の小嶋三万石を与えた。

松野道円は小早川隆景の旗本で、家臣というより戦友として仕えた。この主従は戦場で、秀吉が天下人になるまでの人生を過ごした。隆景から秀秋の仕置家老《しおきがろう》になってくれと頼まれて、松野道円は仕方なく引き受ける。

九州の雄として一大勢力を誇った大友宗麟《そうりん》の血筋だけに、松野道円はスケールの大きい豪傑であった。槍の名手と恐れられて、関ヶ原の合戦での秀秋の裏切りにただひとり、武人にあるまじきことと猛反対をした。

伊岐真利は武術の達人を自称し、秀吉、家康、小早川に仕えた。伊岐流槍術の開祖となったために五百石取りの武術指南役から、一万二千石の秀秋の後見人へと大出世を遂げた。

その後も秀秋は伊岐真利に児島郡のうち四千八百石を加増し、一万六千八百石として常山城を預けた。常山城は岡山の真南にあり、現在でも三〇七メートルの常山が存在している。

以上の三人が事実上、小早川領の全域を統治している。正直なところ、治績大いに上がるにはほど遠い状況である。政治手腕などありはしないし、財政の専門家もいない。領民の不満と反抗を抑えるのが、精いっぱいの政治となっている。

特に伊岐真利は、何の役にも立っていない。秀秋の後見人とは名ばかりで、むしろ寵臣というべきだろう。絶対に表へ出たがらないし、肝心なこととなると自分の意見や主張を述べない。

秀秋の前では、発言したこともなかった。何か言うとすれば秀秋への讃辞、秀秋を褒めちぎることになる。伊岐真利は、秀秋に気に入られたいの一心なのだ。

この日も医師団の代弁者となって、秀秋に食事をすすめに目通りを願うということになると、伊岐真利はにわかに腹痛を訴えた。しばらく、横になっていたいという。

初めからアテにしていない伊岐真利なので、松野道円も立腹することもなかった。松野道円は、平岡頼勝と二人で御座之間へ向かった。何よりも秀秋が激怒しそうな進言だと思うと、互いに気が重かった。

御座之間の上段に、秀秋は横になっていた。鼾《いびき》をかいているから、眠っているのだ。秀秋の身体は、白絹の夜具で覆われていた。秀秋が眠ってから、小姓が夜具をかぶせたのだろう。

あたりに、盃が散らばっている。酒も、こぼれていた。秀秋は酔いつぶれて、眠りに引き込まれたのである。亡霊が出るか出ないかで、夜の眠りは浅い。いまは白昼なので、安心して熟睡できるのに違いない。

起こすわけにはいかないので、松野道円と平岡頼勝は秀秋が目を覚ますのを待つことにした。泰然自若として、両名は時刻の経過と対峙している。半時（一時間）が、すぎたようだった。

突然――。

秀秋が何やら叫びながら、暴れ回った。秀秋は、必死に起き上がろうとする。ようやく太刀を手にして、秀秋はよろけるように立ち上がる。秀秋は悪鬼のような形相で、松野道円と平岡頼勝をにらみつける。

「杉原か！　いや、杉原ではあるまい！」

秀秋は、怒鳴った。

次の瞬間、秀秋は抜いた太刀を振りかぶって、道円と頼勝のほうへ駆け寄ってきた。

「怨霊となって、余を呪い殺したいのか！　おのれ、○○○○め！」

秀秋は、太刀を振りおろした。

それより早く松野道円は一方の膝を立てていた。秀秋の左腕を支え、右腕を抱え込むようにする。秀秋の右肩が、道円の立てた膝のうえに置かれる格好になる。

「御免」

松野道円は手刀で、秀秋の右肩を打ち据える。

「おう！」

秀秋は激痛に悲鳴を発して、麻痺した右腕から太刀を取り落とした。

二ヵ月ほど前、夜中に目を覚ました秀秋は錯乱状態に陥って、石垣宇之助という小姓を斬り殺している。その際、秀秋は『おのれ、○○○○め！』と絶叫した。

ところが言語不明瞭のために、○○○○の部分が聞き取れなかった。しかし、いまは松野道円も平岡頼勝も、○○○○がはっきりしたのである。

秀秋の怒号は、『おのれ、大谷刑部め！』となるのだった。○○○○には、大谷刑部が当てはまる。大谷刑部吉継は関ヶ原の合戦で、鉄壁の布陣と兵の配置を展開させた名将であった。

関ヶ原の合戦に反対だった大谷刑部は、親友の石田三成のために参戦した。参陣したからには必ず勝つと、大谷刑部は軍師としての能力と猛将ぶりを最大限に発揮した。

もし小早川秀秋の寝返りさえなければ、大谷勢を中心とした西軍が東軍を打ち破っただろうと評されたほどだった。だが、裏切った小早川の軍勢は、不意に大谷勢に襲いかかった。

いま道円と並んですわっている頼勝の平岡勢が、一千余の大谷勢を全滅に追い込んだ。大谷刑部も、自害した。割腹する直前に、大谷刑部は遺言する。

「秀秋の不義、骨髄に達せり。無道の者を、味方と致したることを悔ゆるのみ。人面獣心なる秀秋め、この無念を晴らすがため三年のうちに呪い殺してくれるわ」

家臣の湯浅五郎が介錯したのち、大谷刑部の首級を陣羽織に包んで水田の土中に埋めた。

秀秋が何よりも恐れているのは、大谷刑部の怨霊だったのである。三年のうちに、秀秋を呪い殺す。そのように期限付きであることが、いっそう恐怖心を強めるのに違いない。それが更に、杉原重治の亡霊を呼んだのだ。

「そのほう、道円であったのか」

いまにも泣き出しそうな顔の秀秋は失禁して、金色の袴《はかま》を広範囲に濡らしていた。

五

怨霊の恐怖に、脅えきっている。われを見失った秀秋は、一種の錯乱状態に陥っていたのだ。そのために秀秋は、怨霊の幻影と家臣を重ねてしまい、見境もなく斬りつけてくる。

これが中納言にして、五十一万石の小早川家の当主なのか。かつて何度か、戦場に立った武将なのか。と、松野道円には、とても信じられないことだった。

もし家臣のうちに亡霊に悩まされている者がいれば、呼びつけて叱ってこそ主君といえるのである。いかに若年といえども、それくらいの分別と器量を求められるのが大名であった。

「怨霊などは実在せず、おのれの心に棲みつくもの。亡霊が恐ろしくば、日ごろより武芸に打ち込むことじゃ」

そのように家臣を諭すのが、当主ということになる。

「怨霊だと？　うわっはっはっは、たわけたことを申すな！」

笑い飛ばして終わり、という大名もいるだろう。

まだ戦国のころの気風が、多分に残っているという時代ではない。いまもなお、戦国時代そのものなのだ。何しろ関ヶ原の合戦の戦後処理が、片付いたばかりなのである。

後年の『お殿さま』と呼ばれる柔弱《にゅうじゃく》な大名など、想像もつかなかった。大名といえば、武将でなければならない。豪傑にして、勇猛な戦国大名であった。

それだけに、松野道円は激しい衝撃を受けた。

これまでも決して秀秋を、豪気にして剛胆な御大将と思ったことはない。日本一の裏切者が大名になったのにすぎない、中身は幼児のように頼りないうつけ者よと、道円は秀秋を蔑視していた。

関ヶ原での裏切りに最後まで反対した松野道円となれば、秀秋を高く評価できないのは当然だった。しかし、そんな秀秋でも心のどこかに、中納言らしい誇りを残しているだろうと道円は期待していた。

それが、どうだろう。眼前にいる秀秋には戦国武将の名残りも、中納言の誇りもそのカケラすら見当たらない。いまにも泣き出しそうな顔で、秀秋は震えている。

腰を抜かしたようにすわり込み、股を広げていた。松野道円の手刀で叩き落とされた太刀も、そのままである。恐怖の余り失禁して、小便を垂れ流している。

小便は、床にも広がっていた。武家たるものが恐ろしさのため小便をチビッたりすれば、その場で自害しようが誰も惜しまない。目を覆いたくなるような醜態だった。

「情けなや」

声に出して、道円はつぶやいた。

秀秋の養父の小早川隆景の勇姿が、脳裏に浮かぶ。小早川隆景は名だたる猛将だったし、松野主馬（のちに道円）も槍で知られた豪傑であった。

この主従が戦場を走り回るとき、太陽が輝きを増したとまでいわれた。敵味方が入り乱れて生死を超えて戦闘を繰り広げる山野に、小早川隆景と松野主馬は不思議な美しささえ感じたものだった。

あれは、夢であったのか。

いまは小早川隆景から無理に押しつけられた秀秋のあまりにも腑甲斐なく、斬って捨てたくなるような哀れな姿を目の前にしている。そのことが、松野道円には無性に悲しかった。

「御大将、中納言さまをお預かり申し上げたこと、心より悔いておりますぞ」

亡き小早川隆景にそう心の中で訴えながら、松野道円は立ち上がった。

松野道円は屋敷へ戻ると、奉公人や雇い人の全員に数倍の賃金を与え暇を出した。家来たちには、去るもよし居残るもよしと告げた。その日のうちに、道円の屋敷は無人となった。

翌朝、道円は妻子と三人の郎党だけを連れて、岡山城をあとにした。この場合の郎党は、武士であって主人と血縁関係にない従者をいう。

一同そろって御城下へ向かうといった衣服をまとい、身軽でもあった。養父の小早川隆景から秀秋の未来を託された道円までが、城を脱出するとは誰も疑わない。

そのために城中の諸門、いずこの城門も通行勝手となる。道円たちは談笑しながら、悠然と城外へ出た。一行は岡山から、北へと向かう。

六里（二十四キロ）ほどで、御津《みつ》から先は、旭川の支流の宇甘《うかん》川に沿って進む。森林と丘陵が、次第に山地らしくなる。御津から三里（十二キロ）のあたりに、山城が出現する。

虎倉城であった。

虎倉城は備前の北西部を固める位置にあり、江戸初期まで岡山城の出城として使われた。ここには、道円の配下の鉄砲組が詰めている。組頭は、蟹江彦右衛門だった。

もちろん一行は、虎倉城で歓迎を受けた。しかし、道円は直ちに人払いを命じ、蟹江彦右衛門との密談にはいる。両者ともに、冷静であった。

「ご決意あそばされましたか」

蟹江彦右衛門には察しがついているので、ニヤリとせずにいられなかった。

「さもなくば、これほどの小人数にてわしが、この城までわざわざ参るはずはなかろうからな」

　道円も、苦笑していた。

「またしても、何かございましたか」

　彦右衛門は、いやはやとばかりに首を振った。

「かの御仁は小童《こわっぱ》より腑抜けにして、女人よりも臆病者よ」

　道円は、主君に対する敬語を用いなかった。

「さようなことなれば、先刻ご承知のはず」

「いや、あまりにも情けなき姿を、まざまざと見せつけられてな。心底、あきれ果てたのじゃ」

「臆病者が、いかなることをなされましたか」

「大谷刑部どのが怨霊に脅え、取り乱したうえにわしに斬ってかかった」

「ほう」

「それは、まだよい。かの未熟者に、わしが討てるはずもないのでのう」

「ほかに、何がございました」

「泣き面になり、小便を洩らした」

「怨霊の恐ろしさに、小便を洩らしたのでございますか」

「蟹江どの、これが武家にござろうか」

「武家にあるまじきことと、申すほかはありますまい」

「わしは、悲しゅうてのう。前《さき》の中納言（小早川隆景）さまを、お恨み申し上げた。何ゆえ、かような御仁をわしに押しつけられたのかと……」

「それで、ついに見限られたわけでございますな」

「かの御仁を恐れて、逃れるつもりはない。乱心者に等しき御仁と、見捨てるつもりもない。わしはかの御仁と、縁を絶ちたいのじゃ」

「わかるような思いが、致します」

「わしは、武人じゃ」

「武人の中の武人にございます」

「武人がお仕え申し上げるのは、武人でなければならぬ。怨霊に脅え、泣き面にて小便を洩らすごときは、臆病なる女人にあろう。わしは、臆病なる女人などに仕えとうない。されば、縁を絶つのじゃ」

「それがしにも、得心が参ります」

「武人は、武人らしき生涯を遂げたきものよ。かの御仁にお仕え申さば、武人の名を汚すことと相成る」

「これより、いずこへ参られるのでございますか」

「これと申して、アテはない。ここに三日ほどとどまり岡山の動きを窺《うかが》い、何事もなければ出立致す。まずは備後（広島県）のあたりを目ざし、そののち武者修行の気概にて諸国をめぐり歩くもまた楽しかろう」

「それがしも、お供つかまつります」

「誘いはせぬぞ」

「承知致しております」

「かの御仁にお仕え申しておろうと、蟹江どのには差し支えござるまい」

「この蟹江彦右衛門も、武人にございますぞ」

彦右衛門は、胸を叩いた。

「恐れ入ってござる」

おどけて、道円は頭を下げた。

彦右衛門も、小早川家に未来はないと見ていた。ここには、領国を統治する人間がいない。領主は昼夜の別なく酒浸りで、女色に耽《ふけ》り、あとは放鷹をはじめ殺生を楽しむだけだった。

「ここに道を設け、河岸と結ぶのが得策かと存じます」

「この一帯は改めて、検地が肝要かと存じます」

「これより川下の土手に普請を加え、橋を架けてはいかがにございましょう」

「年貢が公平にあらずと、多くの村々より訴えが出ております」

「盗賊奉行の手の者を、増やさねばなりませぬ」

重役たちからこのような進言があっても、秀秋はまるで関心を示さない。賛成も反対もしない、みずからの意見も述べない、積極的に命令も下さない。

「そのほうに、任せようぞ」

こう言うだけで秀秋は、完全に政務に背を向けてしまっている。

それでも稲葉正成、杉原重治という優秀な為政者がいるうちは、特に支障をきたさなかった。秀秋など存在しないほうがいいくらいに、立派に代理を務めたからだった。

だが、秀秋はその頼りになる手足を、自分でもぎ取った。杉原重治を、この世から消した。

愛想尽かしをした稲葉正成は、秀秋のもとを去った。

領内視察を得意として、民情《みんじょう》を探るのに役立った滝川出雲も、女人に化けて岡山城から逃げ出した。そして建議にかけては超一流だった松野道円も、秀秋に生理的嫌悪感を覚えて岡山を脱出した。

小早川家の四本の柱を、秀秋は失った。その四本柱の息がかかって諸奉行、近習、組頭、馬廻りといったところも四十名ぐらいは秀秋を見捨てている。

それらの家族、家来、奉公人を加えれば、五百人以上が岡山から消えたことになる。残ったのは禄を失えば、生活できないという者がほとんどだった。

家老は、平岡頼勝ただひとり。

後見役の伊岐真利は、秀秋のご機嫌取りのほかに能がない。

村山越中は奸臣《かんしん》と見られているので、おのずと発言の機会を与えられない。

これでは、国を統治するどころではなかった。平岡頼勝は、頭を抱えた。政策を立案して練り上げる中心人物と、それを執行する中堅どころの士が、四十名も相次いでいなくなった。そうなっては、どうすることもできない。

こんな大名の領国が、ほかにあるだろうか。戦国以前の時代ならともかく、家臣のほうから絶縁された大名というのも例がない。家康の天下統一がなければ、謀叛となって秀秋は誅殺されていただろう。

「石見守（平岡頼勝）さまのみが、孤軍奮闘をお続けなされるのでございますか」

彦右衛門が訊いた。

「平岡どのは、そのおつもりであろうな」

道円は、うなずいた。

「かの御仁への忠義にございましょうや」

彦右衛門は、小首をかしげた。

「関ヶ原での寝返りを強く押し進めたのは平岡どの、大谷勢を討ち滅ぼしたるも平岡勢。それゆえ、おのれが日本一の裏切者としたうえに、大谷刑部どのが怨霊に苦しむかの御仁に、生涯お仕え申すのがわが務めと平岡どのにはお思いがおありなのじゃろう」

道円は、暗い眼差しになっていた。

三日間を虎倉城で過ごしたが、岡山には何の動きもないという。秀秋は相変わらず大谷刑部の亡霊に苦しめられ、道円の行方を追うどころではないのだろう。

追っ手がかからないことが明らかになったので、道円と彦右衛門の一行は虎倉城を出立した。彦右衛門が同伴したのも、妻子のほかに小者と小女《こおんな》という小人数であった。

一行は山越えをして、備後国を目ざした。これからのち蟹江彦右衛門が、どこでどのような人生をたどったかは、いっさいわかっていない。

松野主馬入道道円についても、ほとんど不明である。縁あって、家康の四男に生まれ東条家忠の養子となり、尾張五十七万石を支配する忠吉に、松野道円は仕えたといわれている。

しかし、忠吉は二十八歳で病死し、無嗣《むし》絶家《ぜつけ》となっている。その後の道円がどうなったかも、明らかになっていない。

いずれにせよ松野道円も蟹江彦右衛門も、いかなる生涯を送ったにしろ武人らしく豪快な生きざまを心掛けたのに違いない。

六

松野主馬入道道円、岡山及び備前・備中国を立ち退く。

蟹江彦右衛門、虎倉城を捨て備後国へ去る。

こうした情報が聞こえてくると、岡山城は大混乱に陥った。これで岡山五十一万石は、平岡頼勝だけに任されることになった。そう思うと家中の者は、落ち着いていられなかった。五十一万石という大船の舵取が、ひとりでできるものなのか。秀秋は正常ではなくなってい て、何事も平岡頼勝に任せっぱなしだった。

先のことを考えると、このうえなく心細い。士分でない者、あるいは平士となると不安を覚える程度だが、百石以上の家臣たちの動揺は激しかった。

役目をおろそかにするし、ひそひそと話し合ってばかりいる。おそらく多くの者が、他家に仕官することを望んでいるのだろう。牢人する勇気はないが、仕官の口が見つかればすぐにでも逃げ出すつもりなのだ。

武士は、二君にまみえず。

家臣は、主君に絶対服従。

このような君臣の関係が確立されたのは、はるか後年のことである。儒教を基本とする忠義の思想、武家諸法度などの幕府の政策が、君臣に滲透したのは三代将軍家光のころだった。

だが、この慶長年間の君臣関係は、戦国時代と大して変わらない。器量や実力を優先して、諸大名は優れた人材ならば競い合うように召し抱えた。

その代わり家臣のほうも、好きなように主君を変える『去就の自由』を許されていた。主君が暗愚であれば、家臣はさっさと主家を去り別の主君に仕えることができる。

現在の小早川家が、その典型といえた。ひとりの家老を残して、重臣の九割方が逃げてしまった。それを追うように、有能な中堅どころの家臣が次々に消えていった。

そしていま家臣一般が、去就の自由について迷い始めている。もし退去する家臣が予想以上に多ければ、五十一万石にふさわしい小早川家を維持することが不可能になる。

そうかといって新規の家臣として、片っ端から牢人を召し抱えるのも難しい。能力のある牢人は秀秋の評判を聞いて、小早川家に仕官することを敬遠する。

誘いに応ずるのは、どこの何者とも知れぬ有象無象《うぞうむぞう》である。本来ならば大名の家臣など高嶺の花という役立たずがそろっていては、小早川家の体面にもかかわる。

そうしたことにも平岡頼勝は、危機感を抱いたのであった。

秀秋は大谷刑部と杉原重治の両方の亡霊に、苦しめられるようになっていた。夜の睡眠中には、闇に浮かぶように杉原重治の亡霊が現われる。

亡霊は、秀秋の枕辺にすわり込む。ものすごい形相で、亡霊は両手を持ち上げる。その両手で亡霊は秀秋の顔を撫で回し、首をしめるような仕草をするのだ。

「ぎゃあ！」

秀秋は、飛び起きる。

「現われましたな」

寝所に詰めている村山越中が、太刀を抜き放って振り回す。

以前は村山越中が寝所にいるだけで、杉原重治の亡霊は出現しなかった。しかし、その効力は間もなく失われて、村山越中が不寝番を務めようが務めまいが、杉原重治の亡霊はお構いなしに闇の中に立つ。

いまでは村山越中が、太刀を振り回したところで効果はなかった。秀秋は夜具にくるまって、寝所の隅まで転がっていく。秀秋は、半泣きであった。

「早う。追い払え!」

「越中、何とかせい!」

「そこに、おるぞ!」

秀秋は、悲鳴を上げる。

村山越中には、どうすることもできない。しばらくすると秀秋は動かなくなり、苦しそうな呼吸を続けている。杉原重治の亡霊が、消えたのである。

汗まみれになった秀秋は小姓を呼びつけ、酒の支度をさせる。乱れに乱れた寝所で秀秋は、夜半から明け方まで酒を飲む。それでも酔いは回らないが、いつの間にか眠りに引き込まれる。

不定期ではあったが四日に一度の割りで、秀秋はこのように杉原重治の亡霊に苦しめられた。更に大谷刑部の怨霊が、それに加わったのである。

こっちは、昼夜の別を問わない。夢の中だけに、現われるわけでもない。白昼、秀秋が目覚めていようと、眼前にやや透明感のある姿を浮かべる。

白装束のうえに、鎧《よろい》をつけている。顔も白布で包み、金色の太刀を腰に帯びていた。采配《さいはい》も、金色だった。関ヶ原での大谷刑部と、変わらなかった。

鋭い眼光が、秀秋を突き刺す。金縛りに遭ったように、秀秋は動きがとれなかった。恐怖の悲鳴がほとばしり出ているはずだが、喉が詰まって声にならない。

「人面獣心なる秀秋め、この無念を晴らすため三年のうちに呪い殺してくれるわ」

大谷刑部の怨霊は、身の毛がよだつような呪いの言葉を残して遠のいていく。

「うわあ、うおう！」

秀秋は奇声を発して、半狂乱となる。

「おのれ、大谷刑部め！」

秀秋は太刀を抜いて、薄れる怨霊の影に追いすがる。

舌がもつれて言語が不明瞭になるので、これまでは大谷刑部という人名がわからなかったのである。だが、いまは大谷刑部の怨霊に、脅えていることが明らかになっていた。大谷刑部の怨霊は、十日に一度ほど呪いの言葉を秀秋に浴びせるらしい。

三年のうちに、呪い殺してくれるわ――。

この遺言は慶長五年九月十五日の時点で、大谷刑部が口にしたものである。それからすでに、一年と数ヵ月が経過している。そうなると『三年のうち』に呪い殺すというのは、『あと二年たらずのうち』にと計算しなければならない。

それだけに秀秋の恐怖は、日々に強まるのに違いない。せめて杉原重治の亡霊だけでも防げないものかと、秀秋は焦燥感に駆られる。それが、村山越中に対する不満にもなった。

「そのほうの威光も、重治の怨霊に通ぜずじゃな」

秀秋は村山越中に、そんな嫌みを言う。

「敵は死者にして、その怨霊にございますぞ」

越中は、ムッとなった。

村山越中という男は、もともと短気で怒りっぽい。カッとなると、自制心が働かない。荒々しく乱暴な人間だから、武芸の腕は立っても何かと失敗が多かった。

「そのほうには、心に念ずるものが欠けておる」

秀秋は身勝手に徹しているので、越中を責めずにいられない。

「あまりのお言葉……！」

血相を変えて、越中は大きな声を出す。

「されば、重治の怨霊を退治せよ」

「いかにすれば怨霊の退治が叶うのか、その手立てをお教えくだされ」

「さよう。重治が恨みを晴らさば、その怨霊もおのずと御仏《みほとけ》のもとへ去るであろう」

「杉原どのが恨みを、晴らすとなれば……」

「さしづめ、そのほうを斬って捨てるがよかろうのう」

「何を、仰せになられます！」

「重治が一命を奪いしは、そのほうじゃ。そのほうを討ち果たせば、重治が恨みも晴れるのは道理」

「杉原どのを討てと命ぜられたのは、どなたさまにございましょうや」

「余はすぐさま思いとどまり、重治を襲うことは取りやめよと命じた。されど、そのほうは私怨により重治を、あえて手にかけたのであろう」

「杉原どのの怨霊が、何ゆえ中納言さまに取りついたのでございますか。そのことこそが、杉原どのの恨みは中納言さまにありとの証しにございます」

「怨霊に、尋ねるほかはあるまい」

「中納言さまかそれがしか、いずれが討たれれば恨みが晴れるのか、怨霊に尋ねるのでございますな」

「そのほう、その次第によっては余を討つと申すのか」

「これよりのち、それがし杉原どのが怨霊に、いっさいかかわりを持たぬことと致します」

「余が寝所にも、詰めぬと申すのか」

「ご辞退申し上げます」

「そのほうを、成敗致す！」

秀秋は、怒りに身体を震わせた。

「叶うことなれば、それがしをお手討ちになされ」

頭を下げずに、越中は席を立った。

越中にはおとなしく、成敗されるつもりがない。越中が抵抗すれば、手討ちにする力を秀秋は持ち合わせていない。それは、秀秋にもわかっている。

「そのほうが知行、一千五百石のうち一千石を召し上ぐるぞ！」

秀秋は、怒声を発した。

手討ちが無理なら、減給で報復する。一千五百石を五百石に減らされるとなれば、越中も考え直すだろうと秀秋はどこまでも甘かった。

多くの重臣に見捨てられたのに、秀秋はまだ懲りていない。しかも、それらの重臣よりはるかに粗暴な村山越中を、秀秋はナメてかかっていたようである。

「ご随意に……」

村山越中は、平然と立ち去った。

杉原重治の成敗を命じておきながら、その恨みを晴らすには越中に死んでもらうほかはないと、目茶苦茶なことを言い出す。これまで誰よりも頼りにしていた越中に、一転して切腹だ手討ちだと迫る。

そこまで馬鹿げた主人に尽くすのは、おのれの愚かさを証明するのと変わらない。いや主人として仕える価値もないと、越中はあっさり岡山立ち退きを決意したのだ。

それも、ただ退去するような生易しい越中ではなかった。奸臣とされるには相当、腹黒い男でなければならない。越中にも悪人としての要素が、たっぷりとあったのである。

その夜、村山越中は武装した二十名の家来を指揮して、本丸の御金蔵へ侵入した。家来といっても半数以上が、弓矢を扱える足軽だった。

御金蔵から黄金を鉄製の金箱に詰め込んで盗み出し、越中はそれを四人の足軽に担がせた。

このとき盗み出したのは、黄金五百枚といわれている。

開門を命じたのは秀秋の第一の側近、村山越中である。そのうえ、武装兵を率いている。当然、開門は拒否できない。越中とその家来は諸門を通り抜け、何事もなく城外へ出た。

しかし、そのころ村山越中が御金蔵を破り、黄金五百枚を奪って逃げたと秀秋に報告された。秀秋は、怒り狂った。これまで秀秋は、岡山を立ち退いた重臣たちに一度も追っ手を差し向けていない。

「されど、こたびはそうは参らぬ。越中は盗賊であり、盗賊を見逃すことはできぬ。越中を、捕えよ。越中を、討ち取るもよし。いずれにせよ、越中を八つ裂きに致せ！」

秀秋は、そのように命じた。

七

村山越中と家来たちは、岡山の御城下から南へ向かった。

約二百の兵が、それを追跡する。夜間なので、松明を必要とする。漆黒の闇の中で松明の火は、遠くからでもよく目立つ。それで互いに、相手の存在を知ることになる。

三里半（十四キロ）で、吉井川の河口につく。そこには、海に面して大きな漁村があった。夜も更けていたが漁民を叩き起こして、越中は三艘の舟を調達させた。

そこへ、追っ手も到着する。一帯の家々に火を放って追っ手の進路を阻み、越中と家来たちは金箱とともに三艘の舟に分乗した。火の中を突破する追っ手には、一斉に矢を射かける。

追っ手は、思うように前進できなくなった。それとばかりに、三艘の舟は海へ漕ぎ出す。追っ手はそれを、見送るしかなかった。越中はまんまと、逃走に成功したのである。

三艘の舟は、大坂に到着する。

越中は二十名の家来に、黄金二百枚を分配した。あとの黄金は自分のものとし、越中の一行は大坂で散り散りとなった。このの越中の運命は、山あり谷ありだった。

越中は武芸に秀《ひい》でていたし、軍略に通じていて武将らしい風格もあった。したがって、あちこちの小大名から仕官の声がかかる。だが、越中はそれらを断わって、牢人生活を続けていた。

越中はどこかの大名に仕えたがために、小早川家の御金蔵破りだという噂が立つのを恐れたのだ。牢人していても金持ちであり、越中は生活に困らない。用心することが、何よりである。

三年が経過して、慶長九年（一六〇四）になった。

秀秋はすでに故人となり、小早川家も存在していない。いまさら御金蔵破りなど、問題にされなかった。越中の過去の汚点は、世間からも人々の記憶からも消えている。

そろそろ仕官してもよかろうと、越中は思うようになった。そんなとき、仕官の話が持ち込まれた。

越中を誘った相手は、皮肉にも岡山の城主だった。

池田忠継――。

播磨国（兵庫県）五十二万石の国主にして、姫路在城の池田輝政の次男である。母は家康の娘の督《とく》姫ときているから、毛並のいいことこのうえない。

池田忠継は前年に、岡山二十八万石に封じられている。ただし忠継はまだ六歳なので、政務を兄の利隆が見ていた。つまり村山越中を招いたのは名目が忠継で、実行が利隆ということになる。

村山越中は、再び備前の地を踏んだ。戦国武将と変わらない者の神経は図太く、居心地がよくないなどと感じもしなかった。ただ小早川秀秋の旧臣が池田家に仕えているのには、気まずい思いをさせられた。

そのひとりに、河田八助がいた。

備中(岡山県)加茂潟《かもがた》の出身だが、小早川秀秋に仕えた。むかしから、大力無双《たいりきむそう》の豪傑で知られている。小田原攻めの際には秀吉が、河田八助の大力に舌を巻いたという。

「これはこれは、村山どの」

岡山城中で、越中はいきなりそう呼びかけられた。

「うむ」

相手の顔を見やって、越中は表情を変えないように努めた。

「お久しゅうござる」

河田八助は、会釈を送った。

「河田どの」

少しも動じないふうを、越中は装っている。

「このたび御当家にお召し抱えの由、承っておりました」

河田八助は当然、越中の御金蔵破りを承知しているはずだった。

「二千石を頂戴つかまつり、御普請の奉行を仰せつかってござる」

越中のほうは、いっそう警戒を強めていた。

「それがしは八百石にて、使番衆《つかいばんしゆう》のお役にござる」

「使番衆では、河田どのの大力がもったいのうござるのう」

「いつか合戦の折にはと、それを待つほかはござらぬ」

「河田どのとともに、いくさ場を駆けめぐりたいものよ」

「同じ思いでござる」

「城中にても事ありしときは、お力をお貸し願いたい」

越中は、一礼した。

「恐れ入ってござる」

河田八助は、破顔一笑した。

豪傑とは、こういうものであった。越中の御金蔵破りを知っていながら、そのことについて河田八助はオクビにも出さない。以前の出来事など些細なこととして、触れもしないというのが豪傑肌なのだ。

そんな河田八助の態度に変化はなく、むかしのことはすべて水に流したようであった。越中も河田八助も、役目上の失態を演ずることなく無事な歳月を過ごした。

九年がすぎた。

慶長十八年（一六一三）、池田輝政が病死する。遺領のうち宍粟《しそう》、佐用《さよ》、赤穂の三郡を除いた四十二万石を、長男の利隆が継ぐことになった。

宍粟、佐用、赤穂は次男の忠継に分与された。池田忠継は備前一国に三郡を加えて、三十八万石となる。年齢も十五歳に達し、池田忠継は名実ともに三十八万石の支配者となったのだ。

翌年、大坂冬の陣。

しかし、池田忠継は大坂夏の陣を知らずして、元和元年二月二十三日に十七歳の若さでこの世を去る。池田家では急遽、忠継の弟の忠雄を養子に迎えて当主に据える。

だが、弟たちへの遺領の分与があったため、岡山三十八万石は三十一万五千石に減じられた。

大坂冬・夏の陣で、村山越中には数々の軍功があった。河田八助も、同様である。特に河田八助は大坂城の大砲で打ち倒された巨大な鉄の楯を、ひとりで担いで持ち帰ったことで敵と味方から喝采を送られたという。

ここまでは、順調であった。

河田八助は出世もしたし、生涯を池田家の家臣として平穏に過ごしている。しかし、村山越中のほうは、そうもいかなかった。

元和二年（一六一六）に、越中は些細なことから同輩と口論になった。逆上すると前後の見境がつかなくなる、という越中の悪い癖が出た。

「さような馬の責め方を、馬術と申してよいものか」

「もはやそのほうに教える馬術はないと師が申されたのは、それがしが十一歳のときなるぞ」

「まことの馬術の師でござったのかな、村山どの」

「師を侮《あなど》るとは、断じて許せぬ！」

「馬責めが未熟なれば、馬場が悪いとでも申されよ」

「おのれ！」

「日ごろの村山どのの武芸自慢も、疑わしきものよ」

「されば、わが太刀を受けてみよ！」

「よかろう」

「勘弁ならぬ」

口論の原因は、馬を乗り馴らす馬責めにあったらしい。だが、馬場が果たし合いの場に、一変してしまった。越中は激昂しているし、相手もあとへは引けなくなっていた。

両者は、太刀を持ち出した。白刃《はくじん》を構えて、にらみ合う。相手もかなりの遣い手だったようだが、剣の腕前となると越中のほうが数段うえであった。

「やあ！」

裂帛《れっぱく》の気合とともに、越中は大きく踏み込んだ。

相手は声もなく、仰向けに倒れ込んだ。鮮血があたりに、真っ赤な霧を散らす。首の側面から、皮一枚残して切断されている。即死であった。

合意のうえの斬り合いなので、殺害という罪には問われない。果たし合い、または決闘である。この時代の傾向としては、真剣勝負と見る。

とはいうものの私闘のために城内の馬場を血で汚し、同じ主君に仕える家臣ひとりの一命を勝手に奪ったのだ。戦わねば武士の面目が立たずという言い訳で、すまされることではなかった。

罰せられることはなかったが、村山越中は池田家を去った。

しかし、牢人の暮らしは半年たらずで世話する者があり、村山越中は加賀の前田家に仕えた。前田家は百二十万石、利常の時代になっていた。

その前田家に五千石で召し抱えられたのだから、分別を弁《わきま》えていれば越中のその後は安泰だっただろう。ところが、年を取っても性格は変わらない。

気性が激しくて、何かあれば闘争心をむき出しにする。それに誰にも負けない武芸の腕前、という思い込みがある。加えて、いきなり五千石で召し抱えられたということで、従来の前田家の家臣は越中に好意的でなかった。

そのために、争いが絶えなかった。越中なりに懲りているので、太刀は抜くまいとする。だが、血を見る直前までいくという喧嘩口論は、毎度のことであった。

やがて越中の悪評が、前田利常の耳にはいる。誰も越中を、相手にしない。越中の指示に、従う者もいない。越中は完全に、孤立している。

それでは、家臣としても役立たずである。前田利常はやむなく、越中に暇を取らせた。前田家を追い出された越中は、元和三年（一六一七）の夏にまたしても牢人になる。越中が前田家の五千石取りの家臣でいたのは、わずか一年にすぎなかった。

元和三年の秋、越中は旅に出た。行き先は、備中松山であった。備中松山には、古くからの知人が住んでいる。今後の身の振り方について、越中はその知人に相談するつもりだったのだ。

備中松山は、岡山県西部の山間部にある。松山城は臥牛《がぎゅう》山の山頂に本丸と天守閣を築き、二の丸、三の丸と下って山麓に居館《きょかん》と政庁を置いている。城下町が高梁川の両岸に沿って広がっていた。

戦国時代は毛利と尼子が、この松山城を戦いの接点とした。やがて松山は、毛利領となった。しかし、関ヶ原の合戦で毛利は減封となり、召し上げられた領地の中に松山も含まれていた。

いまは徳川家の管理下にあり、小堀遠州が代官として松山城と城下町の整備を進めている。

備中松山は現代に、高梁市の地名に変わった。

備中松山の御城下の南にさしかかって、越中は高梁川の河原で一服した。ただ澄みきった空気を、吸い込むためだけではない。先刻から追尾するようについてくる男の存在に、越中は気づいていた。

小袖に袖なし羽織、裁《た》ち着《つ》け袴《ばかま》に草鞋ばき、菅笠《すげがさ》をかぶり大小の太刀を腰に帯びている。皮《かわ》足袋《たび》が破れるほど、長旅を続けているのだ。おそらく、武者修行中の兵法者に違いない。

それにしても、腕が立つ。隙というものが、まったく見当たらない。しかも、越中が圧倒されるほどの剣気を感じさせる。

その兵法者も、河原に降りてきた。ゆっくりと、越中に近づいてくる。越中は、あわてて立ち上がる。浅瀬まで足を進めてから、越中は向き直った。

「ついに本懐を遂げるときが、参ったようじゃ」

兵法者は、太刀を抜き放った。

「何者!」

越中も、抜刀した。

「見忘れたか、村山越中」

兵法者は二歩、三歩と前進する。

越中は腰を落として、兵法者を見上げるようにした。とたんに越中は、愕然となった。精悍な顔つきに変わっているし年も取っていたが、兵法者は紛れもなく杉原重季だったのである。

越中が杉原重治を殺害し、秀秋が重季に切腹を命じてから十七年がすぎている。十七年というのは、短い歳月ではない。村山越中は五十五歳、杉原重季は四十一歳になっている。

その十七年間、重季は一心不乱に兵法の修行を積んだ。十七年のうち七年は伊藤一刀斎の直《じき》弟子《でし》でいられたことが、重季にとって何よりの幸運だった。

　ここ数年は修行とともに、越中の探索に費された。そして昨日になり偶然にも、山陽道の七日市から松山道へはいる越中らしき男を見つけ、重季は備中松山までの九里半（三十八キロ）を追ってきたのである。

「いまさら、遺恨もなかろうに……！」

　越中は、太刀を振りかぶった。

「父が騙し討ちの遺恨を晴らさずんば、これ武人にあらず」

　重季は太刀を構えず、両腕を下げたままでいる。

「小癪《こしやく》なり！」

　越中は、正面から斬ってかかった。

　だが、さすがの越中の腕前も、通用する相手ではなかった。印可《いんか》こそ与えられてないが伊藤一刀斎をして、そのほう一刀流兵法の達人なりと言わしめた重季であった。

　キーンという音を立てて、越中の太刀が空中に舞い上がる。次の瞬間、越中の首が飛んだ。首を失った身体は浅瀬に倒れ込み、越中の首そのものは河原を転がった。

　これが、村山越中の最期である。

　武人として必ずしも、無意味な人生ではなかった。むしろ要領が悪く、敵を多く作るという性格の欠陥が、村山越中の悲惨な生涯の幕を閉じさせたのかもしれない。

　杉原重治が成仏したのも、重季が本懐を遂げたのも、戸川家に預けてあった妻子と再会したのも、すべて十七年ぶりのことであった。

翌年、重季は妻子をともなって、越後（新潟県）を訪れた。稲葉正成が、糸魚川二万石の大名になっていたからである。

稲葉正成は歓迎して、一刀流の達人となった重季を即座に召し抱えることにした。しかし、二万石は小大名である。重季に五百石を与える余裕も、稲葉正成にはなかった。

だが、稲葉正成と杉原重季の充実した人生は、これから始まることになるのだった。

八

慶長六年の閏《うるう》十一月に、戻らなければならない。

村山越中を最後に、重臣の退去はいちおう流れをとめた。執行官クラス、それより下級の家臣の脱出もやんでいる。だが、場合によっては逃げ出そうと、様子眺めの家臣たちがいるようである。

それに、重臣たちの退去がいちおう鎮静化したという言い方も、実はおかしいのであった。

立ち退きの意志を明らかにすることなく、重臣たちがいなくなってしまったのだ。

稲葉正成

杉原重治

滝川出雲
松野道円
村山越中
これだけの重臣が、消えている。

残った重臣は、平岡頼勝と伊岐真利しかいない。しかも一方の伊岐真利は、頼りないこと甚だしい。ただ秀秋に取り入ることが巧みで、出世が恐ろしく早かった。

伊岐真利は、家康と秀吉から目をかけられた。伊岐流槍術の開祖と称して、槍の達人と認められた。そのこともあって秀吉は、伊岐真利を秀秋の家臣とする。

初めは、武術指南役で五百石だった。

しかし、伊岐真利は突如として秀秋の後見役を命ぜられて、一万一千五百石の加増となる。現在の伊岐真利の知行は、一万二千石になっていた。

「よき思案は、なきものか」

平岡頼勝は、貧乏揺すりでも始めそうに落ち着きを失っている。

重臣は二人だけなので、評定《ひょうじょう》とか会議とかにはならない。相談ということになるが、その相手がまた頼りない伊岐真利ときている。平岡頼勝が絶望的になるのも、無理はなかった。

「よき思案と、申されますと……」

ピンとこないのか、伊岐真利の目つきはいかにも眠たそうだった。

「重臣はもとより家臣の数が少のうなれば、御当家はいかが相成る」

頼勝は、真利の間抜け面に腹を立てていた。

「さて、相成りましょうや」

真利は、俯《うつむ》いてしまう。

「小早川家は、相成り立たなくなりますぞ！」

頼勝は、大声を発した。

「申されるとおりにございます」

真利はあわてて、姿勢を正していた。

「五十一万石にふさわしき家臣の数がそろわずして、お家が成り立つはずはござるまい。お家を支えることが、叶わなくなるのは必定」

「確かに……」

「わしが何よりも恐れておるのは、そのことにござる」

「家臣の数は、かなり減少したように見受けられます」

「さように悠長なことを、申しておる場合にはござらぬ」

「はあ」

「いかにすれば家臣どもを、御当家にとどめることが叶うであろうか。それを、思案致さねばならぬ」

「逃れんとする魚には、餌を与えるのが肝心にございます」

「その餌とは……？」

「御加増のほかには、ございますまい。それも少々の御加増では、役に立ちませぬ。身分の上下にかかわらず百石、二百石、三百石の御加増が望ましゅうございます」

「伊岐どのは、正気であろうな」

「正気にございます」

「家中の者一同に大盤振舞の加増となれば、年貢も倍増に致さねば間に合わぬ。それでもやがて小早川家の御金蔵も御米蔵も、空《から》と相成ろう」

「さようにございますか」

「幼児の思案と、少しも変わらぬ」

頼勝は怒る気もなくして、むなしく苦笑を浮かべていた。

「さりながら、ほかによき策はございますまい」

真利が、真面目な顔つきでいるのも不思議だった。

「中納言さまがご正気に戻られ、ご乱行をお慎みあそばされれば、家中の者も動ずることはござるまい」

頼勝は真利に説明しても無駄だろうと、投げやりな気分になっていた。

「それには、怨霊を退治致すことでございましょう」

真利が初めて、まともなことを口にした。

「叶うことなれば、それに勝る思案はござらぬ」

少しは真利を頼れそうだと、頼勝は救われた思いがした。

「御祈禱は、いかがにございましょうな。怨霊退散の御祈禱にござる」

真利は最後になって、立派に通用することを提案した。

「御祈禱……! なるほど、御祈禱にござるか。伊岐どの、妙案じゃ」

頼勝は、手を打ち鳴らした。

「祈禱者を呼び集めることは、それがしにお任せくだされ」

真利も、にわかに張り切った。

伊岐真利はこういうことになると、実に小才《こさい》が利《き》く男である。槍の達人というのが、嘘のようであった。武士ではなく、商人のような才覚を発揮する。

京都はもちろん大坂や姫路にも、祈禱で知られた名僧がいる。しかし、なるたけ他国の者に知られたくないという配慮から、真利は領内に絞って祈禱者を集めた。

真利がこれはと思った僧侶、修験者がさっそく祈禱に取りかかった。祈禱が終わって三日間、秀秋の前に大谷刑部か杉原重治の怨霊が現われなければ、効果があったものと見なされる。

だが、最初の僧侶、二番目の修験者、三番目の老僧、四番目の二人の修験者、五番目の修行僧はいずれも失敗に終わった。祈禱したその日のうちに秀秋の眼前に、どちらかの怨霊が出現したのだ。

このようなことが何の役に立つのかと、秀秋は焦って怒る。平岡頼勝も祈禱に効き目はないのかと、自信と希望を失いつつあった。いちばん辛抱強いのは伊岐真利で、絶対に諦めようとしなかった。

旭川の東岸に森下村の塔の山というところがあり、そこに蓮昌寺と称される小さな日蓮宗の寺院があった。伊岐真利はその蓮昌寺の住職を、六番目の祈禱者に選んだ。

そこで、奇跡が起きたのである。

蓮昌寺の住職が祈禱を始めると、気分が爽快になったと秀秋はスヤスヤと眠った。三日三晩、祈禱は続いた。その間、秀秋は酒も飲まずに眠り続けた。

四日目には、食事をした。笑顔を見せるほど上機嫌で、極く普通の人相に変わった。更に三日三晩、祈禱を繰り返すあいだ秀秋も瞑想に耽った。

八日目になって、祈禱が成功したことが確認された。大谷刑部と杉原重治の怨霊が、秀秋から離れたのである。秀秋は、何も恐れなくなった。酒の力を借りることなく、秀秋は熟睡した。

秀秋は二度と、いずれの怨霊にも苦しめられることがなかった。秀秋は日蓮宗の信者となると同時に、新しい蓮昌寺の造営を命じた。場所を岡山城の西に移して、突貫工事ながら壮大な伽藍《がらん》を建立《こんりゅう》したのだった。

蓮昌寺は、国中無双の大寺院になったのである。

秀秋の乱行がやんだ。急に有能な人物に変わったというのではなく、常識的な人間に戻ったのだった。家臣たちもホッとして、その安心が岡山城の雰囲気を明るくさせた。

もう小早川家や秀秋を見捨てる家中の者もいなくなると、平岡頼勝も愁眉《しゅうび》を開いた。すべて伊岐どののお手柄と、頼勝は軽視していた真利に心から感謝した。

当然このままであれば何事もなく、メデタシメデタシの話に終わるのである。

第四章　呪われた城

一

慶長七年（一六〇二）を迎えた。

関ヶ原の合戦後二年目にはいり、まる一年と四ヵ月（閏も含む）が経過したことになる。徳川家康はすでに戦後処理を終え、国作りに着手していた。

中央集権化を目ざして東海道に伝馬《てんま》制を設け、幕府の財政を確立するために佐渡金山を直営化する。秀吉の強硬外交を廃して、家康は通商による平和外交を南方の諸国に提案した。以後、多くの大名と商人が南方の諸国に、御朱印船を派遣する。

加賀の前田利長が、江戸に参勤した。薩摩の島津家久と伯父の義久が、服従の誓詞《せいし》を家康に贈呈する。家康も島津義久に薩摩、大隅、日向の旧領を安堵した。

天下は、平和そのものだった。岡山城も、同様である。杉原重治と大谷刑部の亡霊が現われなくなってから、小早川秀秋は人が変わったように穏やかだった。

日蓮宗の信者となった秀秋は、朝から読経を始める。気が向くと蓮昌寺を訪れて、住職の説法に耳を傾ける。酒も断ったままで、近習や小姓を怒鳴りつけることもない。

すぐに太刀を抜くような粗暴さも影をひそめている。国政に無関心なので名君とはいえない
が、まずは温厚な主君である。家臣たちも安心して、役目に精勤できた。

しかし、性格まで変わるということは、なかなか望めない。秀秋のように心が隙だらけの人間は、誘惑に弱い。修行にも、飽きやすい。刺激のない毎日に、耐えきれなくなる。何事も、長続きしないのだ。

二月も末という時期になって、秀秋は平岡頼勝と伊岐真利の前で思わぬことを口にした。

「明日も、よく晴れそうじゃ。よって明日、野鷹（鷹狩り）に出かけるぞ」

秀秋は、嬉しそうに笑っていた。

「野鷹にございますか」

平岡頼勝は、腰を浮かすほど驚いた。

「久しぶりのことじゃ。さぞや楽しかろう」

「お言葉ではございますが、野鷹も殺生のうちにはいりましょう」

「それが、いかが致した」

「殺生は御仏が、お許しになられませぬ」

「余は何十日となく、野鷹を断って参った。何十日に一日のみ野鷹を楽しもうと、御仏はお許

しくださる」

「せっかく何十日となく我慢なされたればこそ、いま少しお控えくだされますように、お願い申し上げるのでございます」

「そのほう、余に僧になれと申すのか。さればいまこの場にて、剃髪《ていはつ》致す」

「さようなことは、申し上げておりませぬ」

「野鷹も酒も女人も断ち、読経三昧。少しも僧と、変わらぬではないか」

「もうしばらくお断ちいただきたきものは、殺生と御酒にございます。読経もその気に、おなりあそばされたときで結構かと存じます。女人とお戯《たわむ》れあそばされるのは、むしろおすすめ致します。早うお世嗣《よつぎ》を、もうけていただかねばならぬこともございますれば……。多くの美女を召されて、音曲に興じあそばされる船遊びなど、いかがにございましょうか」

鷹狩りより船遊びのほうがはるかにマシだと、平岡頼勝は思った。

「殺生より、色の道か。さようなことまで、そのほうの指図を受けとうないわ」

秀秋はこのところ頼勝に逆らったことがないので、よほど苛立っているのだろう。

「殺生をあくまで、お好みあそばされますか」

頼勝は失望感に、身体の力が抜けていた。

「たまには野鷹も、お気が晴れるやもしれませぬな」

ご機嫌取りを得意とする伊岐真利が、余計な口出しをした。

「伊岐どのは、要らぬことを申される」

頼勝は、腹を立てていた。

「そのほうこそ、とやかく申すでない。明日は、野鷹じゃ」

秀秋は険しい目つきで、頼勝をにらみつけた。

頼勝はしばらくぶりで、荒れていたころの暴君の悪相を見たような気がした。秀秋が元に戻るのではないかと、不安を覚えた。秀秋の心には、魔性がひそんでいる。

その魔性が一定の間隔を置いて、うごめき始める。それで秀秋は血を見たがり、殺生を求めるのではないか。頼勝はそこまで、考えずにいられなかった。

翌日、六十人からの家臣、足軽、鷹飼《たかがい》などを動員して秀秋は鷹狩りに出発した。この日は、何事もなかった。獲物は兎が数匹だったが、秀秋は上機嫌で帰城した。

頼勝はホッと、胸を撫でおろした。しかし、昨日までの秀秋とどこか違っていると、頼勝は直感した。秀秋の目が、笑わなくなっている。少しも温和ではなく、相手を威圧するような表情に変わる。

やはり血を見たことが、秀秋の凶暴性を呼び起こしたのだ。殺生の禁を犯したことで、御仏に背を向けたのに違いない。それを明らかにしたのは帰城した秀秋が、とたんに酒の支度をさせたことであった。

禁酒ではないにしろ酒を慎しむと蓮昌寺で誓いを立てたが、秀秋はその約束もあっさり破ったのである。秀秋が酒を飲み始めたことに、頼勝はひと言も触れなかった。

諫めれば逆らうだけと、察しがついていたからだった。いったん殺生と酒の禁を破れば、もう秀秋には自制が利かない。それが、当然のこととなる。果たして翌日は、朝から酒になった。

三月の半ばには、再び野鷹であった。岡山の南西部に広がる草原まで、秀秋は馬を進めた。だが、目的地について鷹を放ったが、一向に獲物を得ることができない。

不機嫌になった秀秋は、ふと草原へ目を走らせた。すると、三十すぎの農夫の姿が見えた。農夫は大きな兎の耳を握って、ぶら下げたままで歩いている。

「あの者を、これへ……」

秀秋は、近習のひとりに命じた。

「はっ」

近習は草原の中を走っていって、農夫に声をかけた。

もちろん御領主がお召しだと近習が伝えたので、びっくり仰天した農夫は秀秋の前までふっ飛んできた。その場に農夫は土下座すると、ペコペコ頭を下げるばかりだった。

「それを、もらって遣わすぞ」

秀秋は、兎に手を伸ばした。

「これは、おらが苦労して捕えたものですから……」

農夫は兎を、背中に隠すようにした。

「愚か者めが！　余の領内で手に入れたるものは、すべて余のものである」

秀秋は、床几《しょうぎ》から立ち上がった。

「さように道理の通らぬ話は、聞いたこともごぜえませぬ」

農夫は素直に、感想を述べた。

だが、それは秀秋にとって、反抗である。石を投げつけるかして捕えた兎は、すでに死んでいる。一国一城の主が本気で、死んだ兎一匹を欲しがるはずがない。

秀秋の欠点のひとつでもあるが、その場その場での意地の悪い座興だった。相手のいやがることを要求して、それに従わせる。従わなければ相手に苦痛を与えておもしろがる。

たちの悪いわがままだが、場合によっては腹立ちまぎれに相手を殺すことにもなるので始末に悪い。いまも初めは鷹狩りが不猟で退屈していた秀秋は農夫に無理を言い、からかってやろうぐらいの気持ちだったのだ。

しかし、農夫は恐れ入るどころか、秀秋の要求をあっさりと拒否した。そのうえ、道理が通らないと反論した。そのために立腹した秀秋は本性を現わしたのである。

「余が道理の通らぬことを、申したとな。この無礼者が……！」

秀秋は、農夫を蹴倒した。

蹴られた農夫は、頭の向きを変えて腹這いになった。秀秋が求めていることは、確かに道理が通らない。だが、秀秋を批判すれば、すべて無礼者になる。

農夫の尻のあたりを踏みつけると、秀秋は太刀を抜いた。ひと思いに農夫を、斬って捨てるわけではない。秀秋は太刀の切先で、農夫の背中を浅く刺すのだ。

浅く刺すといっても、太刀の切先は肉に食い込む。そのたびに、血が噴き出す。農夫は、苦痛に身悶える。秀秋は農夫の背中に、そうした傷を無数に作っていく。

残酷な嬲《なぶ》り殺しだが、秀秋はそれを楽しんでいる。農夫の背中を真っ赤に染めた鮮血を見て、秀秋の目の色が変わっていた。秀秋は太刀を使いながら、大声で笑い続けている。オモチャを与えられた幼児のように、喜んでいた。

秀秋は間違いなく、血に飢えている。無抵抗の者を残虐な方法で殺すことに、快感を覚えるのではないか。殺生を趣味としていると思わずにはいられない。

家臣たちは、残らず目をそむけている。秀秋の行為を、制止する勇気はない。多くの家臣たちは、以前の秀秋が復活したという絶望感に打ちひしがれていたはずだった。

「これこれ、いい加減に致さぬか」

突然どこからともなく、威厳のある声が飛んできた。

近習たちが、一斉に立ち上がる。秀秋も、あたりを見回した。草原へ通ずる切り通しが長い坂道になっていて、その手前に十数頭の馬をつないだ急造の柵が設けられている。更に柵の手前の左右に、定紋入りの陣幕が張りめぐらされていた。

いつの間にか陣幕の定紋を背に、ひとりの僧が立っていたのである。老僧といいたいが、正確な年齢は不明だった。墨染めの衣に白い手甲脚絆をつけて草鞋ばき。半球形の網代笠をかぶり、右手に錫杖を握っている。

頭陀袋《ずだぶくろ》も身につけているし、旅の修行僧であることは違いない。しかし、いかにも教養と気品に満ちているほかに、武将のような威光を感じさせる。

只者《ただもの》ではなかった。

「そなたは、変わらぬな。殺生を好み、驕りを捨て去ることができぬ」

修行僧は、あくびをした。

「何者じゃ!」

秀秋は、前へ進み出た。

「お忘れか」

僧にしては体格が立派で、鎧が似合いそうであった。

「老いたる僧などに、知り人はおらぬわ!」

秀秋は、太刀を振り回していた。

「老僧の扱いは、ちと早かろう。拙僧《せっそう》の齢《よわい》は、いまだ四十五じゃ」

僧のほうも秀秋との距離を縮めていった。

三人の近習が取り押さえようと、三方から僧に飛びかかった。だが、近習のひとりは僧の手刀で、首の側面を打たれて地面にすわり込んだ。

もうひとりの近習は、錫杖で腹を突かれて気絶した。三人目は高々と持ち上げられて、陣幕の外へ投げ飛ばされた。誰もが、茫然となっていた。

「おのれ！」

秀秋が青くなって、突き進んでくる。

「少しは、懲りなされ」

僧の錫杖が、秀秋の右肩を痛打した。

「ぎゃあ！」

殺されそうな悲鳴を上げて、秀秋は太刀を投げ出した。

「案ずることはない、骨まで折れてはおらぬ」

「床几を、これへ……」

痛そうに右肩を手で包みながら、秀秋は近習に命じた。

床几が二つ、運ばれてくる。崩れるように床几にすわったが、秀秋は猫背になっていた。僧も向かい合いの床几に腰を据えると、ゆっくり網代笠を脱いだ。

「思い出されたかのう。日本一の裏切者が……」

僧は皮肉っぽく、笑っていた。

「そのほうは、あのときの……」

秀秋は、ひどく驚いた。

顔は記憶にないが、『日本一の裏切者』という言葉になると終生、秀秋には忘れ得ぬものだった。昨年の三月、秀秋は西大寺観音院の殺生禁断の水域に、わざわざ網を投げ入れて多数の魚を獲った。

やがて帰途についたが広谷の橋でなぜか馬が暴れ出し、落馬した秀秋は身体を痛めた。そのとき忽然《こつぜん》と、ひとりの修行僧が現われた。僧は中納言どのと気安く呼びかけたうえ、言葉少なに秀秋を諭した。

聖域での殺生に、仏罰が下った。領主たるもの、禁じられたことは守るべしと、領民に範を垂れなければならない。そなたは驕りがすぎるようだが、日本一の裏切者と嘲笑されていることを忘れるでない。

以上のようなことを言い残して、どこへともなく修行僧は去っていった。その修行僧が、いま秀秋の目の前にいるのと同一人物なのである。

「このままでは、すまされぬ。余はそのほうが、心より憎いのじゃ」

右肩の痛みが、いっそう秀秋を怒りに駆り立てる。

「好きなように、なされるがよい」

僧は、平然としている。

「せめてそのほうの法名など、耳に入れておこう」

五十人の鉄砲隊を繰り出せば、この僧とて恐るるにたらずと秀秋はタカをくっていた。

「拙僧は、教如《きようによ》じゃ。本願寺の……」

僧は事もなげに、そう答えた。

「本願寺……！」

秀秋は、愕然となった。

二

教如が本願寺の十二世法主だったことぐらい、秀秋もよく承知している。徳川家康とも、教如は親交がある。家康が教如に何かと肩入れしているという噂は、何度か聞いていた。

家康と昵懇《じつこん》な仲にある教如の前で、とんだ醜態を演じたことはまずいと、秀秋は真っ先にそのことが不安になった。昨年、西大寺観音院の殺生禁断の水域を犯した件については、とっくに教如の口から家康に伝わっているかもしれない。

「いやはや、ご無礼をつかまつりました」

額に脂汗を浮かべて、秀秋は言葉遣いも改めていた。

「ご存じなかったこととなれば、無礼には当たりますまい」

教如は、首を振った。

「恐れ入ります」

秀秋の腋の下を流れているのは、冷や汗であった。

「それより、あの者の手当てを急がれたほうがよい」

教如は、血まみれの背中のままでいる農夫を指さした。

「さっそく」

秀秋は、近習たちに目配せをした。

中納言は領民に人を人と思わぬ仕打ちをすると、教如が家康に告げるのではないかと秀秋の心配が増えていた。

本願寺が最盛期を迎えたのは、八世法主の蓮如の時代である。膨大な数となった門徒が組織化され、一大勢力を形成したのだ。その代わり本願寺門徒は一向一揆という形で、戦国大名や旧仏教諸宗とのあいだで戦闘を繰り返すことになる。

諸国で勝利あり敗北ありだったが、戦国大名の力の前に、本願寺勢は次第に追いつめられていく。特に大敵は織田信長であり、織田勢と本願寺勢の戦いは熾烈《しれつ》を極めた。

十一世の顕如《けんにょ》の時代になると、織田勢との十年戦争が始まる。顕如は大坂の石山本願寺を本拠に定め、織田信長と十年間の攻防を続けた。

結局、十年の合戦も勝敗が決せず天正八年（一五八〇）、朝廷の命令によって顕如と信長は和睦する。それより二年後に信長は、明智光秀に討たれて死す。

顕如は紀州鷺森《さぎのもり》へ本願寺を移すが、新たなる天下人の秀吉の庇護を受けるようになる。文禄元年（一五九二）に秀吉の寄進により、京都の七条堀川に土地を与えられ本願寺を建立する。

これが、西本願寺であった。

同じ年、顕如は急逝した。当然、教如が十二世の法主になるところである。しかし、顕如の妻の如春尼《にょしゅんに》が、異議を唱えた。如春尼は夫の譲《ゆずりじょう》状なるものを示して、第三子の准《じゅんにょ》如を擁立した。

秀吉も如春尼に味方して、教如に隠居を迫った。こうした騒動に嫌気がさして、教如はたったの一年で法主の座を退いた。隠居後の教如は、大勢の人々との話し合いの場を持った。その気になると教如は、一介の修行僧として旅に出た。諸国の寺院を見て回るのが、何よりの楽しみだったのである。もともと支持者が多かった教如は、新しい知人からも人気と信望を得た。

教如を隠居させて三年後に、秀吉が死んだ。そのころから教如は、次代の天下の覇者になるはずの徳川家康と親しくなった。教如が気に入った家康は、何かあれば保護者のように振る舞った。

「そなたは、本願寺の法主でなければならぬ」

「拙僧はもはや隠居の身、本願寺の法主には無縁にございます」

「されば本願寺とは別に、新たなる本願寺を建立致さばよかろう」

「本願寺が、二つにございますか」

「悪いことではなかろう」

「門徒衆が、戸惑いを覚えることになりましょう」

「新たなる本願寺に、迷いある者は無用じゃ」

家康は真剣にこのようなことを、教如と語り合うときがあった。

教如のほうは、まさかと思っていた。とても実現は不可能だと、決めてかかっていたのだ。ところが今年になって家康から、京都の七条烏丸《からすま》に寺地を与えるというお達しがあったのである。

更に上野国《こうづけ》（群馬県）の妙安寺にある宗祖木像を、寄進するということであった。こういうことになると、家康は気が短い。新しい本願寺の造営の準備を、着々と進めさせているらしい。

教如はとても、落ち着いていられなかった。新しい本願寺（のちに東本願寺と称される）がこの世に出現するのだと、まずは教如みずからが実感を得なければならない。それには、旅がいちばんだった。

教如は京都を離れて丹後（京都府）、但馬《たじま》（兵庫県）、因幡《いなば》（鳥取県）、伯耆《ほうき》（鳥取県）、美作（岡山県）、備前（岡山県）の寺院めぐりを始めることにした。

初春に京都を発し、雪の中の旅を続け、予定どおり晩春の三月になって教如は備前の地を踏んだ。それが図らずも、秀秋との再会という結果になったのである。

去年も丹波（京都府・兵庫県）、播磨（兵庫県）、備前と寺院めぐりをしていて途中、教如は秀秋と出会った。あれが日本一の裏切者かと観察する教如の眼前で、秀秋はおよそ太守《たいしゅ》らしくない愚行に走ったことになる。

「重ね重ね余が無様なる所業を教如どのの目の前に晒《さら》し、不明を恥じる次第にござる」

秀秋は、あくまで殊勝だった。

だが、それは口先だけのことである。家康と親しい教如が恐ろしいというのが、秀秋の本心なのであった。

「悔ゆるならば、御仏におすがりなされ」

秀秋の魔性の悪心は消えまいと、教如のほうも半ば見放している。

「せっかく当地をご通行くだされたなれば、是非とも岡山城にお立ち寄り願いたく存ずる」

そのくらいの接待が必要だろうと、秀秋には計算が働いていたのだ。

「これより姫路へ向かう道すがらゆえ、寄らせていただきましょう」

狂気との噂もある秀秋の居城というものに、教如はふと興味を持ったのであった。

直ちに鷹狩りは中止となり、馬の数と一致する人間だけが先に岡山へ引き揚げた。教如は烏城と呼ばれる岡山城を、しみじみと眺めやった。

御城下には格別、変わったところがなかった。適当に賑わっているし、陰気な雰囲気もない。五十一万石の城下町らしく、活気があって明るかった。

しかし、城門をくぐった瞬間に、教如はゾクッと寒気を覚えた。まるで一天にわかにかき曇ったように、あたりが急に薄暗く感じられた。

教如を同道するという知らせは、すでに岡山城に届いている。平岡頼勝と伊岐真利が、本丸御門まで迎えに出ていた。教如は、大書院へ案内された。

大書院に顔をそろえたのは教如、秀秋、頼勝、真利の四人だけであった。あとは、小姓ばかりである。だが、その小姓たちにも、やるべき仕事がなかった。

宵を迎えているが、教如は何も食さないという。もちろん、酒を飲むはずはない。そうなるとほかの者も、それに付き合わなければならなかった。

宴席ではなくなっていたし、膳も出ない。小姓が教如と秀秋の前に運んだのは、茶菓のみであった。教如は、庭の桃の花に目をやっている。いつまでもじっと見つめているので、平岡頼勝は気になった。

「何か……？」

膝を進めて、頼勝は尋ねた。

「桃の木は明るい花を咲かせるものじゃが、かの桃の花はいずれも泣くがごとく暗《くろ》うござる」

穏やかな顔つきで、教如はそのように答えた。

「さようにございますか」

気が重くなって、頼勝は目を伏せていた。

「この城には、妖気が漂うておるようじゃ」

教如はそれほど、深刻な表情をしていない。

「何のための妖気に、ございましょうや」

秀秋は不快そうに横を向いているが、平岡頼勝は熱心であった。

「思うに、この城は呪われておるのでござろう」

「怨霊に取り憑かれておると、申されるのでございますか」

「さように思うておれば、よろしかろうと存ずる」

「何者の怨霊なるかを、ご教示いただきとう存じます」

「宇喜多一族の怨霊に、相違ござるまいな。宇喜多が築城に及んで間もなく、岡山城は呪われた城との風聞が広がったそうにございますからな」

「宇喜多の怨霊……」

「金吾中納言どのがしばしば、大谷刑部どのの怨霊に苦しまれたそうにございます。されど大谷刑部どのは、この岡山城に何ら縁がござらぬ。深き縁なきところに、怨霊は現われぬものとされておりますぞ」

「さればなにゆえに大谷どのの怨霊が、この岡山城に……」

「おそらくは宇喜多一族の怨霊が、大谷刑部どのの怨霊を呼び寄せたのでござろう」

「さようなことが、起きるものにございましょうか」

「大谷刑部どののみならず宇喜多一族にも、日本一の裏切者のために滅びたとの怨念がござろう。その日本一の裏切者が選《よ》りに選って宇喜多の跡を継ぎ、岡山城主になり申した。かようなときにはまずは備前一国の僧侶を請《しょう》じて、宇喜多家の祖先並びに一族の冥福を祈らんがための法要を催す。大谷刑部どのの成仏を念じて、御仏におすがり申すための善行を施す。それが本来の武将の礼儀、作法と申すものにござろう」

「内府（家康）さまのお怒りに、触れますまいか」

「一国を清めんがための仏事なれば、なかなかやるわいと内府どのは感じ入るはず。然るに次なる国主が殺生を好み、血を流すを喜び、笑って人の命を奪うがごとき御仁なれば、この城が怨霊の巣になろうと不思議ではござるまい」

教如の語調には、怒りも厳しさも感じられない。

だが、これほど痛烈な秀秋に対する批判、激しい諫言はなかった。秀秋は意味は不明だが、宙の一点を凝視しながら震えている。これで効き目がなければ小早川家は滅亡だと、教如は判断していた。

三

宇喜多家については、そう古い時代から紹介しても無意味である。宇喜多能家《よしいえ》の時代からで十分だろう。

能家は、平左衛門尉《じよう》、和泉守。備前の邑久《おく》郡、砥石《といし》山城主だった。備前国の守護代であった浦上則宗《うらがみのりむね》、浦上宗助《むねすけ》、浦上村宗《むらむね》の三代にわたり、股肱の臣として仕える。なかなかの人格者で、誰からも尊敬された能家である。何度となく浦上家の危機を救った知勇兼備の名将と、称賛されることもあったらしい。

だが、やがて同じ浦上家に仕える邑久郡の高取山城主、島村豊後守の奇襲を受ける。能家は砥石山城で、無念の自害を遂げる。そのとき能家の子の興家《おきいえ》は、一子直家を連れて砥石山城を脱出する。

興家は父の能家と正反対で暗愚にして臆病、何ら能力のない人物であった。興家は長子の直家とともに鞆津《ともつ》（福山市）まで逃げたあと、邑久郡長船《おさふね》町の豪商阿部善定のもとに身を寄せた。

興家は善定の娘に春家、忠家の二子を生ませて、天文五年（一五三六）に病死した。興家は一生に、ただそれだけのことしかしなかった男である。

いよいよ、直家の登場となる。

直家は天文十五年（一五四六）に、十八歳になっていた。

それまで直家は、祖父の時代まで仕えていた浦上家の保護と援助を受けている。

二十一歳になった直家は、祖父の能家を自害に追いやった島村豊後守を討ち取った。その後も執拗に攻め続けて、直家は島村一族をみな殺しにした。

同じ天文十八年、備中勢と内通しているという噂があった浮田大和を殺し、祖父の城だった砥石山城を奪い返した。

永禄二年（一五五九）、やはり備中勢と内通していた沼城の城主中山備中守を討ち滅ぼした。

同じく四年、金川《かながわ》城の松田元輝と竜之口山城の穝所元常を滅亡させた。

このころから直家は戦国大名となる夢を持ち、血まみれの武将に変身する。直家には裏切りと権謀術数、攻略と殺戮のほかに何もなかった。

永禄九年（一五六六）、刺客を派遣して三村家親を暗殺。

翌十年、三村家親の子の元親が率いる二万の軍勢を、直家は五千の兵で撃破して大勝利を収める。この明禅寺合戦に勝ったことで、直家はますます自信を強める。

元亀元年（一五七〇）、岡山城主の金光宗高を内通の理由で切腹させる。これ以後、直家は岡山城を居城と定め、城の修復と城下町の建設の工事を進める。

天正二年（一五七四）、三村元親を備中松山城に攻めて滅ぼす。

天正五年（一五七七）、かつての主家であり十八歳まで保護してくれた浦上宗景と、直家は敵対する。直家は浦上一族を天神山城から追放、浦上家の重臣である三星城の後藤勝基を討つ。

直家は毛利勢と結び、各所で羽柴秀吉の軍勢を迎撃した。しかし、天正六年から病気と称して出陣せず、突如として寝返って直家は毛利と絶縁して秀吉に帰属する。

今度は秀吉勢の先鋒として、宇喜多の兵は毛利勢と激しく戦った。この戦闘によって直家は多くの肉親、親類縁者、有力な家臣を死なせることになる。

天正九年（一五八一）、直家は仮病ではなく本物の病人になった。全身に腫れものができて、高熱と痛みの苦しみにのたうち回りながら、宇喜多直家は五十三歳で波瀾の生涯を終えた。

「あまりにも、人を殺しすぎたのだ」

「合戦とはいえ、血の川が流れるほどの殺生だろう」

「岡山城にしても、城主を殺して奪ったのと変わりない」

「祟りがないほうが、おかしいくらいだろう」

「怨霊に呪われての死にざまとしか、思えなかったそうだ」

人々は、そんなふうに話し合った。

このときから岡山城は、『呪われた城』と言われるようになったのである。

直家の遺領を継いだのは宇喜多秀家で、本名が家氏。秀吉方の有力な武将として、その活躍ぶりは目ざましかった。あっという間に備前、美作、播磨の一部と五十七万四千石の領有を許される。

賤ヶ岳の戦い、小牧《こまき》・長久手《ながくて》の戦い、四国征伐、九州征討、小田原攻め、文禄の役、慶長の役に参戦する。昇進も早く従五位下侍従から左近衛《さこんえ》中将、従三位参議、権中納言というスピード出世だった。

その間に秀吉の秀の字を賜わり、家氏を秀家と改める。また豊臣姓も許されたので、豊臣秀家と名乗った。

だが、宇喜多家では家中騒動が絶えず、血を見ることも珍しくなかった。いわば同士討ちで、身内の争いである。そのために対立、裏切り、暗殺、脱走が繰り返される。

家中騒動によって秀家は、三十人以上の一族、譜代の老臣、頼れる重臣たちを失っている。秀家の代になっても、岡山城はまだ呪われていると嘆く者が少なくなかった。

そして、慶長五年（一六〇〇）の関ヶ原の合戦で、宇喜多秀家は敗軍の将になる。地位、家禄、領地、家臣のすべてを失った秀家は逃亡中で、この時点では教如も秀秋も消息を知らなかった。

未来を見通せば、薩摩へ逃れていた宇喜多秀家が捕えられるのは、この翌年の慶長八年のことである。島津家の助命嘆願により家康は処刑を免じ、いったん駿河に幽閉したうえ、慶長十一年十一月に宇喜多秀家とその一族は八丈島へ流罪とした。

かくして呪われた城の城主は、悲劇的な境遇に甘んじる。関ヶ原の直後に備前、美作五十一万石を与えられ、呪われた城の支配者になったのが小早川秀秋だった。この秀秋をもまた、幸福とか平和とかは待っていなかったのだ。

殺生を好む狂気の人で、殺人鬼のように罪なき老若男女を斬り捨てる。その悪虐非道と専横ぶりに主君に愛想を尽かし、多くの家老、重臣、家臣が呪われた城から逃げ出したほどであった。

やはり、岡山城は呪われた城だった。

では、小早川秀秋の次はどうであったのか。相変わらず、呪われた城という烙印は消されなかったのか。

当然、未来のことまでいまの教如や秀秋は知る由もないが、実は愚かにして非情な事変が起きているのだ。

姫路五十二万石に、池田輝政がいる。

池田輝政の前妻糸子は、長男の利隆を産んだ。

輝政は後妻に、家康の次女の督姫（富子）をもらった。督姫は、五男二女を出産する。男子だけを記せば、次男の忠継、三男の忠雄、四男の輝澄、五男の政継、六男の輝興である。

小早川秀秋の没後、家康は遺領を輝政の次男の忠継に与えた。長男の利隆は本家の跡取りなので、動かせない。それで次男の忠継に、小早川家の遺領を継がせたのである。

忠継は督姫が初めて産んだ男子で、このときまだ五歳だった。

五歳の子どもに政治は任せられないので、しばらく長男の利隆を後見人として岡山へ赴かせた。


十年、いや十一年の歳月が流れる——。

この間は、何事もなかった。慶長十八年を迎える。大坂冬の陣が、勃発する前年のことである。


この年の一月二十五日に、池田輝政が五十歳で病死した。家康は直ちに池田輝政の遺領を、長男、次男、三男に分配して跡を継がせた。

長男の利隆はもちろん本家の姫路城にあって、播磨十三郡の四十二万石。

次男の忠継はこれまでどおり岡山城にあって、備前に播磨三郡を加えて三十八万石。

三男の忠雄には、淡路六万石。

四男の輝澄、五男の政継、六男の輝興には、何ら沙汰なし。

大名の四、五男以下となると兄たちが早々に死んでくれるか、婿《むこ》の口を待つかするしかないのである。


このままですめば、悲劇は起きなかった。しかし、ここにひとりの愚か者が、登場することになる。督姫だがこれが家康の娘なのかと、疑いたくなるほど間の抜けたことをやっている。

督姫は忠継とともに、岡山城にいた。大坂冬の陣もいちおう休戦となり、徳川方の諸大名もそれぞれ帰国する。池田利隆も姫路城で、池田忠継は岡山城で新年を迎える。慶長二十年（元和元年）であり、忠継もすでに、十七歳になっていた。

忠継はもう、立派な岡山城の城主である。その忠継のために督姫は、とんでもない悪事を企んだのだ。長男の利隆は前妻の子であり、これっぽっちの愛情もない。

その利隆が、姫路四十二万石の城主でいる。一方、愛する実子の忠継は、岡山三十八万石にすぎない。姫路城は美しく豪華で、土地も肥沃であった。

岡山城など、比較にならない。山が多いので、土地も貧しかった。実に、不公平である。姫路四十二万石を忠継のものとしなければ、気がすまないという督姫の思いだった。督姫は利隆の暗殺を、計画した。

利隆には、光政という世嗣がいる。だが、まだ幼い。利隆が死ねば、忠継が姫路城へ戻ることになるはずである。督姫も再び、姫路で暮らせる。

あと三人いる督姫の実子、輝澄、政継、輝興にも何万石かずつ分与してやることもできる。利隆を殺すべしと、督姫の馬鹿げた母性愛が愚かさを発揮したのだ。

二月になって、督姫は利隆を岡山城に招待した。岡山城中で、何も知らない利隆と忠継は対面する。督姫はあらかじめ口取りの饅頭の中に、毒を仕込んでおいた。

督姫はさりげなく、利隆に饅頭を食べさせようとした。そのとき侍女のひとりが、利隆の目の前で手を広げた。侍女の手には、『毒』と記されている。

利隆は顔色を失い、督姫をにらみつけた。督姫も恐怖と絶望感に、血相を変えている。忠継にも、督姫の野心と計画が読めたから愕然となる。

「兄上のお命を狙うとは、情けなや。母上、恥を知りなされ！」

忠継は毒饅頭を頬張って、急ぎ嚥《の》み下した。

「もはや、これまでか！」

督姫もそう叫んで、二つの毒饅頭を口の中へ押し込んだ。

二人は、相次いで倒れた。督姫のほうが早く、遅れて忠継が絶命した。岡山城主と、その母親で家康の娘でもある督姫がともに毒死したのだから、またもや『呪われた城』と大騒ぎになった。

新しい岡山城主には、忠継のすぐ下の弟の忠雄が、三十一万五千石余で迎えられた。だが、この岡山の新城主も、長生きはできなかった。

十年ほど城主でいたが三十歳で発病、三十一歳で没した。宇喜多直家の病状とまるで変わらず、全身の腫れものでの発熱と苦痛にのたうち回りながら、池田忠雄はこの世を去ったという。

この池田忠雄の死を最後として二度と、岡山城は『呪われた城』と呼ばれることがなくなった。

四

翌朝、教如は岡山を出立した。どうにもならない愚か者と、教如は小早川秀秋のことを見放していた。教如の皮肉も批判も、秀秋にはまるで通じない。

教如の忠告には反感を示し、日蓮宗を信仰しているからと宗派の違いばかりを強調する。教如が人の道を説き、領主たるものの心構えを教えても、秀秋は心ここにあらずだった。

「何とぞ、よしなに……」

「他言無用に、願いたく存じます」

「秘めたることもございますれば……」

「二条城の大普請も、この五月より始まりますゆえ……」

「ご拝顔も、避けられませぬ」

秀秋が口にするのは、家康に対する不安ばかりである。家康に告げ口をしないでくれ、領民の虐待も殺生も見なかったことにしてくれ、家康には何もかも黙っていてくれと、秀秋はただその点を頼むだけなのだ。

反省はしない。心を入れ替えよう、というつもりもない。学ぶことを知らないし、目が覚めるような気持ちにもならないらしい。これが大名なら、十歳の少年だろうと大名になれる。

「拙僧が申し上げずとも、内府どのは大概のことをご存じのようですぞ」

教如は、脅してやった。

「当家の家中に、何者かがはいり込んでおりますのか」

秀秋は、震え上がったようだった。

「岡山の中納言どのは肴を要せず、酒のみを食らうそうな。肴は昆布をしゃぶっておれば、よいのだそうじゃ。先日も内府どのは、かように仰せでございましたぞ」

これは教如の嘘ではなく、実話であった。

それだけに、秀秋は顔を強張らせた。この一年、秀秋は確かに少食だった。酒を抜きにしなければ、まとまった食事をしなかった。食べる代わりに、浴びるように大酒を食らう。

酒の肴も、求めなかった。ただ飲みながら秀秋には、干した塩昆布をしゃぶる癖があった。指ほどの幅に切った昆布を、口に銜《くわ》えては盃を乾すのである。

「さようなことまで、ご承知なのでござるのか」

これは一大事と、秀秋は落ち着かなくなった。

何から何まで、家康は知っている。城中に家康の密偵がいて、秀秋に関してはいかなることも報告させている。家康は秀秋に、見切りをつけたのだ。それで家康は、秀秋を失脚させる口実を捜しているのだ。

「酒を断たねば、酒毒が中納言どのの命取りになろうと、内府どのは案じてもおられました」

「しばらくは、酒を断っておりますとお伝えくだされ」

「まことにござろうか。先ほど、匂いましたぞ」

「いや、決して……」

「酒を断てと命ずるは容易だが、中納言どのにはとても長続きすまいと、内府どのも仰せにござった」

教如は、ニッと笑った。

「酒を、断ってはおりますが……」

秀秋は絶句して、あとの言葉を失っていた。

さて次の日の教如は、秀秋に挨拶もしなかった。昨日の秀秋が見せた数々の反応から、夜を徹してヤケ酒を飲んでいるに違いないと教如は察したのである。

「御酒を召しておられては、拙僧と顔を合わせにくかろう。再びお目にかかることはござるまいが、よしなにお伝えくだされ」

教如は、見送る平岡頼勝に一礼した。

「承知つかまつりました」

再会することはない——と、その教如の言葉の意味が平岡頼勝には理解できない。

救いようのない秀秋は、近いうちに自滅する。自滅する相手とは、再会の機会はない。そのように見捨てた秀秋に、教如が贈った別れの言葉だったのである。平岡頼勝に、そうと読めるはずはなかった。

教如が察したとおり、秀秋は朝からベロベロに酔っていた。

何よりも、家康が恐ろしい。家康は、すべてを見抜いている。家臣の全員が、家康の密偵に思えてくる。そうした不安を紛らわせるためにも、酒の力を借りずにいられなかった。

教如にしても、怪しいものであった。京都で東の本願寺の造営が始まるというのに、上人となるべき教如が諸国を寺参りのため、行脚しているというのはおかしい。

教如は家康の命を受け小早川領にはいり、秀秋の行状と統治の具合を視察したのではないか。そう思うと秀秋は、教如が許せなくなってくる。

教如は、言いたい放題だった。好きなだけ、秀秋の非人道的な殺生を責めた。一国の大名としては暗愚にすぎると、秀秋を馬鹿にした。大名や中納言でいる資格なしとまで、極言した。

教如は何度、日本一の裏切者と秀秋を侮辱したことか。秀秋の心は、ズタズタに傷ついた。何かというと家康の名をチラチラさせて、秀秋を脅しにかかる。

こうなったら徹底して、教如の説教に逆らってやる。家康には日本一の裏切者にしたのは、どこの何者だったのか抵抗してやろう。これからは再び、殺生を好み酒に溺れる秀秋になろう。

そう意を決して秀秋は、明け方から酒を飲み出したのだ。やはり教如の誠意を尽くした忠告は、無駄に終わった。むしろ、逆効果であった。秀秋には悪意と敵意、怒りと恨みしか残らなかった。

数日後、秀秋は湯殿へ向かった。奥坊主が案内に立ち、小姓が背後に従う。このとき、湯殿にはひとりの娘がいた。端女《はしため》と呼ばれる下女で、年もまだ若かった。

雑用係で風呂の湯や御膳所の湯を満たす、あるいは水を汲む、ふき掃除といったことをはじめ、ありとあらゆる雑用を引き受けて休む間もなかった。

この日の湯殿の仕事はもよという下女に任されていた。しかし、時間の点で間違いがあったらしく、湯殿に男の声が響き渡った。もよはあわてて、切り戸から外へ飛び出そうとした。恥ずかしかったわけではない。男のひとりが、秀秋とわかったからである。下女は主君に直接、お目通りすることを許されていない。

後年、将軍家に拝謁できる資格を御目見《おめみえ》以上、資格がなければ御目見以下と分けられた。それと同じで御目見という言葉は使わなかったが、主君の顔も見てはならない身分の奉公人もいたのだ。

たとえば庭の片隅を掃除しているとき、遠い御殿の廊下を主君が通る。主君は下女の存在に気づいていないし、下女には主君が見えない。それでも下女は土下座して、しばらく平伏していなければならないのであった。

もよも、そのことを恐れた。秀秋の姿を見たりしたら、大変なことになる。もよは、走った。だが、広大な湯殿でありヒノキの床板が、濡れている部分もある。

もよは足を滑らせて、大きな音とともに転倒した。湯殿を覗いたのは、秀秋であった。貴人はいきなり全裸になって、湯殿へはいってきたりはしない。

秀秋は、湯巻《ゆまき》をまとっていた。湯巻は貴人が入浴するときに、身体に巻く生絹《すずし》の衣だった。湯殿の中で貴人に奉仕する人間もやはり、衣服のうえから湯巻で覆った。

秀秋は、目を丸くした。若い娘が着ているきものの裾がそっくりめくれて、下半身をむき出している。むっちりとした肉づきの太腿が、雪のように白くて滑らかな肌であった。

酔っているせいもあって、秀秋は劣情を催した。まだ幼い面影が残っているが、美貌の持主である。秀秋はその幼い美しさに、新鮮な魅力を感じた。

「そのほうは……」

秀秋は、娘に声をかけた。

「端たにございます」

娘は必死になって小袖の裾をおろし、膝をそろえて平伏した。

「名を申せ」

秀秋は、機嫌がよくなっていた。

「恐れ多いことにございます」

娘は床にすわったままで、後退を続けていく。

「申せ」

こうなると、秀秋はしつこかった。

「もよにございます」

娘は思いきって、そう答えた。

「この者に今宵、夜伽を申し付くる。さよう、話を通じておけ」

秀秋は、奥坊主に命じた。

「ご無礼をつかまつりました」

深く腰を折った姿勢で、おもよは切り戸の外へ出た。

心の臓が、破れそうであった。おもよは、まだ十二歳である。もちろん、男の経験はない。しかし、秀秋の言ったことの意味も、わからないほど幼くはない。

今宵、夜伽を申し付くる――。今夜、中納言さまの寝所へ呼ばれる。そこで中納言さまと、男女の交わりをする。つまり、中納言さまのお手付きになるのだ。

中納言さまの側室となって、もし男子を出産したりすれば、女にはこのうえない玉の輿に乗ったことになる――。十二歳の娘には、まだそこまでの計算がなかった。

とにかく、恐ろしい。未知の世界で、想像も及ばないような生活をする。それが恐ろしくて、不幸になるような気がした。いまのままが、いちばんいいように思えた。

おもよは、足軽の娘に生まれた。

母親と兄弟は病死して、いまは父親と二人暮らしになっている。いや、長屋の隣りに滝丸という足軽が住んでいる。滝丸も二十とまだ若いが、おもよとは親同士が決めた許嫁《いいなずけ》の間柄にあった。

滝丸に、相談してみるほかはないだろう――。

おもよは誰にも断わらずに、城外へ出た。足軽長屋と寺院は敵に攻められたときに、城を守れる位置に建てるのが築城術の基本である。おもよは息を切らせて、足軽長屋へ戻ってきた。

おもよの話を聞いて、滝丸も腰を抜かしそうになった。おもよは、いやだと言い張る。普通の女なら躍り上がって喜ぶのに、おもよは変わっていると滝丸は感心する。

「どうすれば、よいんだろう」

「お前、ご主君に見染められたんだぞ。お前は五十一万石の御大名の御生母さまに、なれるかもしれぬ。それが、惜しいとは思わぬのか」

「聞いただけでも、恐ろしい」

相談に、答えは出ない。話が長引いて、やがて深夜が訪れる。そのころ岡山城中では、秀秋が怒り狂っていた。秀秋はおもよが、城から逃げたという報告を受けたのだ。

せっかく愛してやると声をかけた下女に、情事を拒否されたうえに逃げ出された大名などそう何人もいるものではない。

五

家臣というものは妻や娘を差し出すようにと、主君から命ぜられてもそれを拒絶することはない。主君の不興を買ったり、処罰を恐れたりしてのことではなかった。

一族の栄誉として、むしろ喜ぶのだ。それに、出世を保証されるという欲もある。女のほうもそれほど貞操観念はなく、栄耀栄華《えいようえいが》に通じる玉の輿に乗ることに期待する。

のちの徳川将軍にも妻や娘を側室に望まれて、おかげで大した権力を与えられた連中が少なからずいる。春日局は家光の乳母というだけで、縁故の者たちは残らず優遇されている。

足軽の滝丸も、同じことを考えた。秀秋のお手付きとなれば、おもよはそのまま側室として城中に迎えられる。そうなったら滝丸も、足軽から士分にお取り立てである。二百石ぐらいは、頂戴する武士になれる。

もし、おもよが懐妊して男児を出産すれば、滝丸は一千石以上の重臣に出世できる。何しろ許嫁を差し出したのだから、相応の恩賞があって当然であった。

滝丸はおもよに、直ちに城へ戻ることをすすめる。

おもよと滝丸の父親も、同じような考えから賛成した。

だが、おもよはどうしても、ウンと言えなかった。滝丸への貞操など、おもよの頭にはない。おもよは、とにかく不安だったのだ。おもよの生まれや育ち、それに十二歳という年齢からすれば、鯨に呑まれるようなものである。

男女の睦《むつ》み合いにしても、中納言を相手にうまくできるのか。もし、ご機嫌を損ねるようなことがあったら、生きていられないかもしれない。

側室の生活となると、おもよには想像も及ばない。さぞかし、気遣いが大変だろう。しかし、おもよは上《うえ》つ方《かた》の言葉など、まるで知らない。

中納言の前で、端た女の言葉で喋ることは許されないだろう。それにおもよは、字の読み書きもできない。そんな側室では、殿中にいるだけで息も詰まるほど窮屈である。

そのうえ軽蔑され、いじめられる。仕事は秀秋に寝所に呼ばれ、女体を提供することだけである。懐妊してもそんな母親では、邪魔者として扱われるはずだった。

そんなふうに想像すると、おもよは恐怖しか感じなかった。いやだ、いやだと首を振るおもよを一晩かかって、滝丸とその父親、おもよの父親の三人で説得する。

翌朝その三人に付き添われて、おもよは泣く泣く城へ向かった。おもよが戻ったことが、秀秋に報告される。秀秋は早くも、グデングデンに酔っている。不機嫌というより、酒乱の状態であった。

「端た女といえども宿下がりの許しを得ず、城より逃亡致すとは不届至極《ふとどきしごく》！」

秀秋は、怒鳴った。

「重罪ゆえ、端た女並びに許嫁とやらの足軽に、磔刑《はりつけ》を命ず」

秀秋は加えて、おもよの父親と滝丸の一家を備前国より追放とした。機嫌の悪い酔っぱらいの思いつきによる報復で、二人は極刑に処すことを命ぜられた。思わぬ結果というより、おもよと滝丸はあまりにも不運だった。

この噂はその日のうちに、御城下に広まった。町人たちもさすがに、義憤に駆られた。何千人かの男が一段と、秀秋への憎悪を強めたことになる。

だからといって一揆とばかり、城へ押し寄せれば多数の犠牲者が出ることになる。そこで千人ほどの男たちは、筆と墨に頼ることにした。

一夜明けて、小早川家の家臣たちは仰天する。武家屋敷や商家をはじめとして、岡山城の周囲の塀という塀に黒々とした墨で、文字が大書してあったのである。

極悪非道なり中納言
領主らしきことは何もせず
気に入らぬ者はみな殺し
領民を人と思わず
酔うほかに能はなし
日本一の裏切者
怨霊に苦しめられるのも道理

呪い殺されることこそ世のため
中納言に天罰を
足軽下女に罪なし

このような秀秋への悪口雑言が、どこを見ても目に飛び込んでくる。墨で書いてあるので、容易には消せない。旅人たちも立ちどまり、おもしろがって読んでいる。このことはいやでも、諸国に広まるだろう。

そうと知った秀秋は激怒して、その日のうちに滝丸とおもよを刑場へ送った。悪人が処刑されるときは、群集が刑場を取り囲む。あるいは見せしめのために、半強制的に人を集めることもある。

しかし、この日の刑場にはひとりとして、見物人が集まらなかった。小雨の降る中で二十歳の滝丸と十二歳のおもよは、磔刑によって刑場の露と消えた。

四月になった。

秀秋の小小姓のひとりに、倉田鷹千代という者がいた。小小姓というのは一般の小姓よりも身分が低く、ほとんどが元服前の若さだった。

まだ前髪の美少年で、十代の前半といったところである。主君にそういう好みがあれば、男色の対象にもされるのがこの小小姓であった。普通は近習から、小姓になるための指導を受けている。

「千代、爪を切れ」

秀秋は、足を投げ出した。

鷹千代はかしこまって、秀秋の足の爪を切り始めた。左足の爪は、無事に切り終えた。だが、右足の中指が、かなりの深爪になった。秀秋は、顔をしかめた。

「痛いではないか、不器用な！」

秀秋は、鷹千代を叱り飛ばした。

「申し訳ございませぬ」

酔ってもいる秀秋のものすごい形相が、鷹千代は恐ろしくなった。

「見よ、血じゃ！」

秀秋は鷹千代の顔の前に、右足を突き出した。

なるほど深爪をしたあたりに、血が滲んでいる。ただし、点と変わらないほど少量だった。

「何とぞ、お許しのほどを……」

鷹千代は、泣き出しそうな顔になっていた。

「許せぬ！　そのほう、主人に傷を負わせたのじゃ！」

秀秋は、逆上気味だった。

「ただいま、お薬を……」

鷹千代は、後ずさりをした。

「こやつ、爪の始末も怠るつもりか！　余が爪を、塵も同様に散らかしおって……！」

秀秋は鷹千代の襟首をつかんで引きずって行き、縁先から突き落とした。

地面に転がった鷹千代は起き上がったが、こうなるとどうしていいものやらわからない。ほんの些細なことなのに、どうしてこれほど怒り狂うのか。

とても、常人とは思えない。相手が常人でなければ、対処のしようもない。鷹千代は、茫然とすわり込んでいた。その鷹千代の目に、抜き放った太刀を手にした秀秋の姿が映じた。

鷹千代は悪夢を見ているようで、身じろぎもしなかった。お手討ちになるという恐怖感すらなく、鷹千代は声もなくぼんやりとしていた。

「不忠者、成敗致す！」

秀秋は玉砂利のうえに飛び降りると同時に、鷹千代の首を刎ねた。

このころになると、秀秋は酔っぱらいの異常者という一面を露骨に示すようになっている。どのように諌めようと、秀秋には通じない。制止のしようがないので、知らん顔でいるほかはなかった。秀秋は酔っている限り、家康でも恐れることはなかった。

その家康だが、この慶長七年（一六〇二）は正月から伏見城に滞在していた。三月十四日には、豊臣秀頼との会見のために大坂城を訪れている。

五月一日から、二条城の造営に着手した。このことは前年に西国大名を召集して、すでに決定ずみである。御用金も、諸大名から納められている。改めて大名たちを集める必要はない。

諸大名は数人の奉行と築城の技術者、それに徴用した働き手を京都へ送り込むだけでよかった。とはいうものの家康のほうから、諸大名を招かないだけのことである。大名が京都まで来るのは、あくまで自由意思であった。

二条城造営に祝意を表するために、わざわざ京都まで乗り込んでくる。家康は案外そういうことを、喜ぶのだった。それによって大名たちの家康への誠意、忠誠心というものが推し量れるからだろうか。

京都に領国が近い大名は、もちろん家康に挨拶をして祝賀に加わる。岡山は京都から、さして遠くない。秀秋は初め、京都へ赴くつもりでいた。

それで二条城の大普請がこの五月に始まるとき、家康に拝謁しなければならないので何とぞよしなにと、秀秋は教如に頭を下げたのであった。しかし、秀秋は次第に家康と顔を合わせることが、億劫《おっくう》に感じられてきた。自分の乱行はどうせ家康に筒抜けだと、僻《ひが》んでの恐怖がある。

一方、家康が教如光寿《こうじゅ》に本願寺の建立と布教活動を許したという情報が、公式に伝わってきている。家康は本気で、教如に肩入れをしているようだった。

家康と教如は、一段と昵懇な間柄となる。そうなれば教如は家康に、国政を顧みず殺生に明け暮れる秀秋の悪行を、洗いざらいぶちまけるに違いない。

単純な秀秋には、そのようにしか読めなかった。勝手に疑って、秀秋は家康に恐れを抱く。家康は出仕を禁じたうえで、秀秋を厳しく罰するかもしれない。

「内府（家康）さまは好き嫌いの思いにより、教如光寿さまをお引き立てあそばされるのではございませぬ」

平岡頼勝は、秀秋の不安を知って苦笑した。

「されば何ゆえに、教如どのに肩入れをなされるのだ」

秀秋は、苛立っている。

「内府さまが深慮遠謀ほど、恐ろしきものはございませぬ」

「それは、余もよう承知しておる」

「内府さまの思《おぼ》し召《め》しにより、本願寺が西と東の二つに相成ります」

「うむ」

「法主さまも、お二人になられます」

「西が准如光昭どの、東が教如光寿どの。それも、兄と弟じゃ」

「信者は、いかが相成りましょう」

「二手に、分かれような。准如光昭どのを信奉致す者どもと、教如光寿どのを慕う者どもとに……」

「本願寺の信徒はかつて、恐るべき力を備えておりました。かの織田信長公との十年ものいくさにも、敗れることを知らなかった本願寺勢にございます」

「うむ」

「その強さは信徒同士の揺るぎなき結集の力に、支えられておりましたことは天下に知れ渡ったことにございます。内府さまが恐れられましたことも、その本願寺信徒の合力ぶりにございましょう」

「万が一、本願寺勢が総力を挙げ、徳川家に弓を引くがごとき事態と相成れば……」

「徳川家にとって、大敵にございます」

「うむ」

「さようなことにはさせまいと、手をお打ちあそばされたのが内府さまの深慮遠謀にございます」

「本願寺を、二つに割る」

「いったん二つに割れた岩は、もはや元の一枚の岩には戻りませぬ」

「二つの本願寺が、敵と味方に分かれることもあり得よう」

「かつての本願寺と大いに異なり、驚くほど勢力がそがれましょう。内府さまがいまひとつ本願寺の建立と、教如光寿さまのご布教を進めておられますのは、さような策に基づいてのことにございます」

「余を慰めんがための作り話ではあるまいな」

秀秋は頼勝を、冷ややかな目で見やった。

「それがしにも多少は、内府さまのご胸中を見通すことが叶います」

平岡頼勝は、真剣な面持ちでいた。

これは決して、平岡頼勝の当て推量ではなかった。家康は本願寺の弱体化を狙って、東西に分派させたのである。教如の東本願寺は北陸地方を含めた東日本に信徒を増やし、准如の西本願寺は近畿から西へと勢力を広げていく。

二代将軍秀忠は、教如の東本願寺のために何かと便宜を与えた。三代将軍家光も、東本願寺の寺領を増やしたりした。東本願寺は、いやでも徳川の味方となる。

同時に東西の本願寺の対立が、激化する。それが家康、秀忠、家光の三代にわたる対本願寺政策だったのである。

六

秀秋はついに、京都へ旅立たなかった。家康へは、病気のためという言い訳の書状を送った。その書状にざっと目を通した家康は、表情をまったく変えなかった。

「病がお好きな御仁よ」

家康はそう言っただけで、丸めた書状をポイと捨てたという。

五月の半ばになって、家康は江戸へ戻っている。

その直前に家康は、関ヶ原の合戦で積極的に徳川方に味方しなかった佐竹義宣を罰している。常陸（茨城県）など、五十四万石の佐竹領を召し上げたのだ。代わりに出羽の六郡を与えて、秋田への移封を命じた。出羽の佐竹領は、のちに二十万五千石になっている。次いで家康は諸大名に、伏見城の修築を指示した。

なぜかこのときは、秀秋のところへ家康のお呼びがかからなかった。それには、四つの理由が想定される。第一に、関ヶ原の合戦の前哨戦として、伏見城の攻略がある。

この壮絶な伏見城の激闘で、守将の鳥居元忠をはじめ一千八百の城兵が城とともに玉砕した。伏見城は落城したのみか、灰燼に帰した。そうした伏見城攻めには小早川秀秋、宇喜多秀家、毛利秀元、島津義弘、鍋島勝茂、立花宗茂といった西国大名の軍勢十万が加わっている。しかも宇喜多秀家を除いては、いずれの大名も健在であった。それらの大名がみずから焼失させた伏見城を再建するのは、心苦しくもあろうし筋が通らない。玉砕した一千八百の将兵の霊も、浮かばれないのではなかろうか。

そんな家康の配慮もあって、西国大名の力は借りなかった。伏見城の軍事上の築城法も、旧敵だった西国大名に知られることはない。家康は関ヶ原の合戦の翌年、直ちに伏見城の復旧に取りかかっている。家康は伏見城を畿内の拠点とするつもりだから、生半可な再建であってはならない。

このときの家康も、城の縄張りを藤堂高虎、建築を小堀正次、天守閣を酒井家次と徳川家に忠実な大名を、普請・作事奉行にそれぞれ起用している。西国大名は、ほとんど加えていない。

その後も、伏見城の再建は続けられた。家康、秀忠、家光と三代の将軍宣下の式典が行われたというだけで、伏見城がいかに広大にして壮麗な名城だったかがわかる。

元和九年（一六二三）に正式に伏見城の廃城が決定され、二年がかりで城郭は解体された。その際、櫓、門などの建造物や石垣は、江戸城、福山城、姫路城、二条城、明石城といった全国の城と有名な社寺に移築されたという。

慶長七年（一六〇二）にはほぼ完成していたが、伏見城はまだ修築を必要としていた。そうした段階でいまだ西国大名は無用なりと、家康は伏見城修築の命令を下さなかったのかもしれない。

家康が初めて西国大名に伏見城の修築を命じたのは、二年後の慶長九年（一六〇四）のことである。このときの修築は殿舎の一部を御影堂《みえいどう》として、東本願寺に移築するのが作業であった。

だが、それは小早川秀秋がすでに、この世に存在しない時代だった。

第二の理由として考えられるのは、家康が西国大名たちに前年、二条城の建築を命じていることである。造営奉行こそ板倉勝重だが、費用と人手は西国の諸大名が提供している。

それに追討ちをかけるように、今度は伏見城の再建のために莫大な費用と労働力を差し出せと、西国大名に命ずるのに家康も遠慮があったのではないか。二条城のほうは本格的に、造営が進められている。伏見城の再建にはこのたびに限り、西国大名を除くことにしよう。

第三の理由は、秀秋が病人だという書状を受け取っていること。それが事実であって長患いだとしたら、小早川家も混乱しているはずである。

重臣の大半を失っていることだし、収拾のつかない状態にあるかもしれない。もし起きていられるところまで回復していたとしても、病後の秀秋を伏見まで呼びつけるのは酷というものであった。

このたびは秀秋をそっとしておいてやろう、という家康の温情である。

第四の理由は、家康の愛想尽かしだった。秀秋はどうしようもない男よと、家康はあきれ果てた。相手にする値打ちもないと、家康は秀秋を見放した。

ほうっておけばよいと、家康は秀秋を無視している。近々、厳しく処罰してやるという家康の心づもりが、感じられる見限り方であった。家康の鋭い眼光が、秀秋の顔を突き刺している。

以上四つの可能性から秀秋が、これに違いないと選んだのは第四の理由だった。家康に見捨てられたものと、秀秋は信じ込んだ。もはや未来はないと、恐怖と絶望が秀秋をヤケにさせた。

いっそう、酒量が増える。酔えば、狂気になる。ますます殺生を好むとなると、まるで血を求める妖怪であった。近習や小姓は、いつでも逃げられるような体勢でいた。

六月の末――。

秀秋は、牧石原と称されるところまで鷹狩りに出かけた。その帰り、川に沿って馬を進めながら、ふと秀秋は竜之口山の方角へ目を走らせた。

すると対岸の松の木に、大蛇が巻きついているのが見えた。秀秋は、嬉しそうにニヤリとした。秀秋が馬をとめたので、騎馬が一斉にそれに倣《なら》う。徒歩の連中は、地面にすわり込む。

「誰か、かの松の木の大蛇を、斬り捨てて参る勇士やある」

秀秋は馬上から、家来衆を見渡した。

大蛇を眺めるばかりで、返事をする者はいなかった。そのうちに片膝を立てて、一礼する徒士が秀秋の目に触れた。

徒士は極めて身分が低くて、俸給も少ない。主人の供先を警備するのが役目で、徒士という字のとおり馬に乗ることを許されない。足軽よりはマシ、という身分だった。

「参ってござりまする」

その徒士は太刀を背負うと、川の中へ飛び込んだ。

泳ぎも達者で、たちまち対岸の土を踏んだ。徒士は松の木に登ると、締めつけようとする大蛇と格闘を続ける。しかし、太刀を持つ人間のほうが、有利であることはわかりきっている。

　やがて両断にされた大蛇が、松の木から落ちる。徒士はその大蛇を、これでもかこれでもかと切り刻む。何のための殺生か、酷いことをするのがどうして楽しいのかと、家来衆は目をそむけたり伏せたりしている。

「見よ、あれを見よ」

「まことの勇士ではないか」

「みなの者、褒めて遣わせ」

　秀秋ひとりが興奮して、馬上で躍り上がっている。

「あっぱれである。そのほうに、侍大将を命じようぞ」

　川を泳いで戻ってきた徒士に、秀秋は黄金二枚を与えた。

　それよりも驚いたのは、侍大将に任命したことである。侍大将は、一軍の将であった。古くは三百五十騎を率いて侍大将が、禁裡御門を警固したという話がある。

　いずれにしても多数の侍を指揮するので、のちには番頭《ばんがしら》の地位に相当することになった。大名に仕える番頭は、一千石以上の軍職ということになる。

　一介の徒士が、一千石以上の番頭に一足飛びに昇進するというのは、おそらく前例がないことだろう。大蛇を殺したからと、そのようなことを平然とやってのける秀秋に主君の資格があるのか。

それに残酷な殺生を喜ぶ異常性と幼児性に、秀秋は狂気だと改めて確認した家臣が少なからずいた。彼らにすれば、お先真っ暗である。数日後に中堅どころの家臣が、二十名ばかり岡山城から姿を消した。

「この城は呪われておると、腰抜けどもが逃げ出したのじゃ」

そう言っただけで秀秋には、脱走した者どものあとを追わせる気力も根性もないようだった。

しかし、その反動として秀秋の乱行は、かなり荒っぽくなった。七月の初めに山伏より訴訟があったことを聞くと、何を思ったのか秀秋は急な呼び出しを命じた。そのうえで訴訟の理非をいっさい判断せずに、秀秋は突如として山伏の両腕を斬り落としたのである。

同じく七月、鷹狩りの獲物がまるでなかったことから、たださえ不機嫌だった秀秋は激しい雨に打たれた。一行は近くの民家へ逃げ込んだが、あいにくと住人が留守にしていて誰もいなかった。

陰暦だと初秋だが、全身ズブ濡れなので寒気がする。何よりも、火が必要である。囲炉裏《いろり》で火を焚《た》くことを、秀秋は小姓のひとりに命じた。ところが、よく乾いた枯れ枝が見当たらない。

それに小姓は、囲炉裏というものに慣れていなかった。それでも小姓は必死になって囲炉裏に生木《なまき》を積み上げて、火吹竹を使い何とか炎を呼ぼうとする。

「何を致しておる。火付けほど、楽なものはなかろう！」

「火も焚けぬのか、この役立たずめが……！」

秀秋は、癇癪を起こした。

「ただいま」

小姓は祈るような気持ちで、火吹竹を使う。

しかし、炎はどうしても、生木に燃え移らない。生木なので、煙りが多い。それに、火花と灰を舞い上げる。煙くて、家の中にはいられない。

「おのれ！」

秀秋は怒りを爆発させると脇差を抜き、小姓の首を斬り落とした。

小姓の首は、囲炉裏の中に転がった。近習以外の御供衆は、先を争って家の外へ逃げ出した。豪雨に濡れながら、このような主君にはとても仕えていられないと、御供衆はガチガチと歯を鳴らしていた。

七月にはもう一度、騒ぎを引き起こしている。このときの秀秋はどういうわけか、平岡頼勝を鷹狩りに誘った。たまには青空の下で、広き山野を駆けめぐるのも身体のためによいというのだ。

秀秋も平岡頼勝が、忠臣であることを承知している。その証拠に、いまだに秀秋に仕えている家老は、平岡頼勝ひとりだけであった。それで秀秋流のサービスとして、頼勝を鷹狩りに誘ったのかもしれない。

だが、平岡頼勝はそれに、応じようとしなかった。

「せっかくではございますが、狩りの心得がございませぬ」

頼勝に狩りの経験がないことは、確かだった。

「狩りの心得など、あってなきがごときものじゃ」

秀秋のほうも、あっさりとは引き下がらない。

「いくさ場を除きましては、殺生を好みませぬ」

平岡頼勝は、本音を吐く。

「たかが鷹狩り、堅苦しきことを申すではない」

秀秋も、意地になっていた。

七

平岡頼勝はついに押し切られて、秀秋に同道して鷹狩りに出かけた。ただ鷹狩りを見物しているだけの頼勝にとっては、楽しくもおもしろくもなかった。

だが、獲物が多かったことから、秀秋は機嫌よく帰路についた。途中、民家を借りて休息することになった。ところが、この家の鴨居《かもい》が低かったので、秀秋は激しく頭を打ちつけ大きなコブを作った。

　秀秋は、怒り狂った。

「この家を建てし工《たくみ》を、直ちに呼べ！　即刻、成敗してくれるわ！」

　すでに秀秋は、悪鬼のような形相になっている。

　鴨居を低く作ったのが大罪であるから、この家を建てた大工の首を斬るというのである。そうした無茶が、通るはずはない。強行すれば、領民の怒りを買う。

　こういうことになると、家老が知らん顔でいるわけにはいかない。秀秋を制止するのは、平岡頼勝の役目である。無理やり鷹狩りに引っ張り出されて、こんな騒ぎを押しつけられるのだから損な役回りといえる。

「それは、なりませぬ」

　頼勝は、秀秋の前に平伏する。

「引っ込んでおれ！」

　秀秋は、頼勝の肩を蹴った。

「ご主君が理の通らぬことをなされるのを、眺めておればよきものなれば家老職など無用にございます。あくまで大工《おおたくみ》を呼べと仰せなれば、それがしこの場にて割腹を致します。かようにお諫め申し上げますのは、それがしにとっても最後のことと相成りましょう。何とぞ、お聞き入れのほどを……」

頼勝は、涙ぐんでいた。

秀秋は、沈黙した。もちろん、頼勝に切腹されては困る。同時に、頼勝の諫言はこれが最後だという言葉が、秀秋の胸を揺さぶったのである。

これから秀秋が何をやろうと、頼勝は二度と再び諫めない——。受け取り方によっては、これほど寂しい言葉はなかった。家康に次いでたったひとりの家老にも見放されたのかと、秀秋にはショックであった。

ますます孤独になっていくことを、秀秋は自覚した。家臣たる者が、主君に近づくまいとしている。気持ちは、常に虚ろであった。日に日に気力が失せていくようだし、何をしてもむなしきことが心細さを誘う。

その影響があってのことなのか、七月に伊岐遠江守真利に対して秀秋は急に加増を申し付けている。秀秋に取り入ることが巧みで何かにつけて慰めてくれる伊岐真利には、いつまでも仕えていてもらいたいという願いがあったのかもしれない。

加増目録

一、二百三十石一斗三升　備前児島迫川村。

一、七百三石七斗二升　同彦根村。

一、五百五十六石四升六合　同郡浦。

一、四百三十七石二斗五升　同小串村。
一、六百二十石五斗八升五合　同田井村。
一、五百十二石二斗　同槌ヶ原村。
一、一千七百四十一石五斗　同林村。
合　四千八百六石四斗三升一合。
右児島の常山城を預けるに付き、加増を申し付くるものなり。

慶長七年七月十七日　判。

伊岐遠江守殿へ

伊岐真利は四千八百石の加増により、一万六千八百石になっている。そのうえ、支城の常山城を預けられた。家老に任ぜられても、おかしくない地位を得た。しかし、この出世は慶長七年の七月十七日のことであり、秀秋の余命はわずか三ヵ月にすぎなかった。

伊岐真利の甘い夢は、三ヵ月しか続かなかった。小早川家が絶家になるとともに、伊岐真利は牢人する。それを機に姓名も、本名の市野惣大夫実利に戻す。

市野実利は何年かのちに、秀忠に仕えて代官を務む。それと延宝四年六月十八日に死すという没年のほかに、市野実利に関する記録はない。

もうひとり、秀秋が新しく召し抱えた家臣がいる。下方覚兵衛《しもかたかくひょうえ》貞範という。蒲生氏郷に招かれ四百石を与えられたが氏郷の没後、流浪を経て小早川秀秋の家臣となる。

知行目録

一、七十七石七斗三升六合　備前津高郡白石・花尻・久米村内。
一、六十一石四斗七升　同児島大藪村内。
一、百六十石　美作西々条郡古川村内。
一、五百十三石四斗三升　同せと村内。
一、百二十石　同別所森原村内。
一、九十二石　真嶋郡かやへ村内。
一、百七十五石三斗七升四合　同ゐかな新庄村。

合　一千二百石。

慶長七年九月九日　判。

下方覚兵衛殿へ

秀秋は新規に召し抱える家臣に、気前よく一千二百石の知行を遣わした。だが、これも慶長七年九月九日のことで、秀秋がこの世を去る二十九日前だったのである。下方貞範は一ヵ月たらずで、またもや牢人となる。

しかし、下方貞範は運よく四百石で、池田利隆に仕えることができた。五百石、利隆の嫡子新太郎の傅育役《もりやく》を命ぜられたことで八百石と加増が続き、鳥取へ移ってからは一千百石に達している。

秀秋が下方貞範を召し抱える以前に、実ははるかに重大な異変が生じていた。そのために秀秋は、伏見まで行くことを余儀なくされた。

家康は江戸にいて、多忙を極めていた。だが、家康の心は伏見へ飛んでいる。伏見城にあって重要な政務を代行することが、家康には何よりも優先させなければならない仕事だった。家康の決裁を必要とする諸問題が、山積している。それらを怠れば、混乱が起きる。ほんの少しでも天下の乱れを招いてはならないというのが、この時代の家康の信条といえた。

ようやく七月の半ばになって、家康は江戸をあとにした。側近と重臣を中心に、家康の将兵の隊列が上洛を急ぐ。京都について完成まで八ヵ月という二条城を見物、八月には大和（奈良県）へ足を伸ばして東大寺や興福寺などへの土地の寄進を決定する。

伏見城へはいったのは八月八日だが、そこには悪い知らせが待っていた。於大《おだい》の方の具合悪し――と聞いて、家康は立っていられなくなるほど仰天した。

於大の方は、家康がこの世で誰よりも愛する実母である。於大の方は家康に招かれて、だいぶ前から伏見城を住居としていた。七十五歳だが、まだまだ元気だった。

戦国の世の女の常として、あらゆる不幸を経験してきた於大の方の精神力に弱音は無縁であった。もはや天下人も変わらない家康の生母、という自覚も於大の方をしっかりと支えている。

今年の四月には秀吉の未亡人高台院(ねね)と、京都で会って大いに話し合った。そのあと於大の方は、参内して天皇に謁した。秀吉を祀る豊国神社にも、家康の代参のつもりで詣でた。

神社、寺院へはコマメに足を運んだ。来客を、歓迎した。むかしの悲惨な人生を忘れて、伏見城での於大の方はしあわせそうであった。それがまた於大の方を、元気に見せたのかもしれない。

その於大の方が、急に健康を害したのだ。床に臥せると、人が違ったように弱々しくなった。家康を見て於大の方は口もとを綻ばせたが、すぐに目を閉じてしまった。

「しっかり、なされませよ」

「気を強く、お持ちくだされ」

「この竹千代が、ついておりますぞ」

家康は、於大の方の手を握りしめた。

竹千代とおのれの幼名を聞かせたのは、於大の方が最も馴染んでいるのが、家康の竹千代時代だからであった。於大の方は、微笑してうなずいた。

家康は京都の名医という名医を全員、集めるように厳命した。血相を変えた家康の恐ろしさに、側近と重臣が逃げ散るように京都の名医の屋敷を目ざした。評判の名医たちが、伏見城に到着するのも早かった。

多くの名医たちは於大の方の病状に診断を下し、交替で昼夜の別なく介護に尽くした。於大の方のどこが悪かったと、明記された記録はない。おそらく、老衰に似た病気だったのだろう。

家康も病人に、付きっきりだった。家康は間もなく、征夷大将軍に任ぜられる。せめてそれまでは、苦労をさせた母親に生きていて欲しかった。家康は名医の投薬についても、あれこれと指図をした。

一方で家康は諸国の名のある寺社に、於大の方の病気平癒の祈禱を命じた。

朝廷からも石清水八幡宮へ、於大の方の病魔退散の綸旨が下った。

それで、家康の母病む、重き病にして快癒の見込みなし、という報が全国的に広まった。於大の方の死が、予告されたようなものである。そうなると知らん顔でいられないのが、大名であった。

遠方からはともかく、諸大名がお見舞という名目で続々と伏見を目ざす。小早川秀秋も、そのうちのひとりだった。於大の方が重病となれば、いくら何でも仮病を使って義理を欠くことはできない。

八月二十二日までに、諸大名の行列が伏見か京都に到着した。翌二十三日に家康は伏見城で、諸大名に拝謁を許した。大名がひとりずつ、家康の前に進み出て見舞の言葉を申し述べる。

「大儀にござった」

「ご厚情、痛み入る」

「遠路はるばる、かたじけのうござる」

相手の大名によっては、家康もそんなふうに声をかける。だが、『うむ』だけですませる大名もいる。秀秋にも家康は、『うむ』とうなずいたにすぎなかった。

大名たちはそのまま、伏見や京都にとどまった。於大の方の死を待つわけではないが、帰国してから訃報に接しては、葬儀に間に合わないからである。

五日後の八月二十八日、於大の方は伏見城で女人としての波瀾に富んだ人生の幕を閉じた。

盛大な葬儀が、執り行われる。家康は早くも、母の死に涙する男ではなくなっていた。

天下の統治と政務を一手に任された王者よろしく、厳粛にして毅然たる家康に戻っている。

次の日、於大の方の遺言に従い江戸小石川窪町付近の無量山寿経寺に、遺骸を葬ることを知らせるための使者を江戸へ走らせていた。

於大の方の法名は、伝通院殿《でんづういんでん》贈従一位《ぞうじゅいちい》蓉誉《ようよ》光岳《こうがく》智香《ちこう》大禅定尼《だいぜんじょうに》である。その於大の方の霊廟が設けられたことから、寿経寺は現在の文京区小石川に大伽藍を造営された。その後、伝通院があまりにも有名なので、寿経寺の寺号が伝通院に変わったという。

於大の方の遺骸が伏見から江戸へ去るのを見送るために、諸大名はまだ帰国していなかった。小早川秀秋も、大坂の屋敷に滞在していた。

八

於大の方の死後十五日目に、家康は大坂城を訪れている。この年、家康は頻繁に大坂城へ、足を運んでいた。その目的は豊臣秀頼をはじめ、加藤清正のような強力にして忠実な武将たちを懐柔することにあった。

しかし、この日は於大の方の見舞や葬儀に誠意を尽くしてくれた秀頼一同に、御礼を申し上げるためだった。その夜、家康にはふと思いついたことがあった。秀秋に、会ってみることである。

秀秋は、大坂の屋敷にいる。明後日、帰りに屋敷に寄ればよかった。今回も西国大名から聞かされたのだが、小早川秀秋の評判がこのうえなく悪い。そろそろ秀秋に、引導を渡すべきときが来たと、家康も考えざるを得なかった。

下方覚兵衛貞範に渡した知行目録の年月日は、これより四日前になっている。秀秋はどうやら大坂屋敷で、この九月九日に知行目録をしたためて、同行した下方貞範に一千二百石を与えたらしい。

翌々日の朝のうちに家康の行列が、秀秋の屋敷を囲んだ。家康の訪問と知らされて、秀秋は腰を抜かさんばかりに驚愕した。もう駄目だという絶望感が、秀秋の言葉を乱していた。家康は何でもないという顔でいるが、秀秋は錯乱したように自分のやっていることがわからなかった。とにかく二人だけで話したいと家康が望むので、秀秋は庭園の中央にある茶室へ案内した。

そこで茶を点《た》てるわけでもなし、家康と秀秋はただ向かい合って正座しているだけである。家康の表情は穏やかだが、秀秋から目を離さない。珍しいものでも見るように、秀秋を眺めやっている。

「匂わぬのう」

家康が、口を開いた。

「何がでございますか」

秀秋には、意味がわからない。

「酔うてはおらぬということじゃ」

「酒は、控えておりますゆえ……」

「それにしても、よう痩せたものよ。そのくせ、肉が弛《たる》んでおる。むくみじゃな」

「酒を、欲しくなくなりましてございます」

「そちは、長生きできまい。驕りにより、そちは死に急いだのであろう」

「驕り……」

「驕れる者、久しからず。この名言を、存じておろうな」

「ははっ」

「ただし驕れる者とは、天下人でなければなるまい。そちはいまだ天下人にほど遠く、たかが五十数万石を領す一大名にすぎぬ。それにもかかわらずそちは慢心しくさって、身のほど知らずの驕れる者になりおった。そちに一万石を与えても、領主たる器にはなれまいがのう」

「お言葉ではございますが、関ヶ原では十二分にご奉公を申し上げました。小早川勢の働きなくして、東軍の勝利が望めましたでございましょうや」

「それが、驕りというものよ。よいか、関ヶ原にて決死の覚悟でいくさに臨んだる西軍は、石田勢、大谷勢、小西勢、それに宇喜多勢と島津勢のみよ。あとは、どうじゃ。大坂の毛利も、関東の上杉や佐竹も動かず、関ヶ原へ出陣しながら高みの見物を決め込む軍勢も少なからず。いくさが三日も続けば、寝返りを打つ者はいくらでもおった。日本一の裏切者のみの手柄と思うは、大いなる間違いじゃ」

「あまりのお言葉にございます」

秀秋は、蒼白になっていた。

「口惜しくば、日本一の裏切者にあらずして、日本一の名君となることじゃ」

家康は、腰を浮かせた。

「まあ、無理であろうが……」

と、振り返ることもなく家康は、茶室を出ていった。

この日の午後から、秀秋は気分が悪くなった。吐き気がとまらなくなり、それに腹痛が加わった。激痛は上っ腹から、下っ腹へ広がった。寝所へ運ばれても、苦悶するので横になっていられない。

医者の手にも負えないということで、やたらと薬を飲ませる。それも秀秋の身体が、受け付けなかった。胸をかきむしりながら、吐き散らす。

「痛むぞ！　何とかせい！」

秀秋はそう叫ぶが、どこがどうして痛むのか誰にもわからない。

大坂屋敷にいる家臣が集まって、いかがすべきかを相談する。急病であって、それもかなりの重症であった。この様子だと、大変なことになる。万が一、大坂屋敷で死ぬようなことになったら──。

岡山へお運びしようと、衆議一決した。寝具も積めるように、特大の輿が用意された。百人からの士分の者、足軽、中間《ちゅうげん》、小者が旅支度に身を固めた。女っ気なしの行列であった。

秀秋を寝具にくるんだ輿が、十七日の朝の暗いうちに岡山へ出発した。急ぎすぎれば、秀秋の苦痛を激しくする。ゆっくり進めば、間に合わないかもしれない。

六日かかって、岡山城についたのは二十三日である。その間、秀秋は何も食べていない。一日に何度か、少量の水を飲んだだけだった。立つことも歩くこともできないので、本丸御殿の秀秋の寝所まで輿を運び込んだ。

秀秋は、人相が変わっていた。衰弱しきったうえに、発熱している。全身が赤くなるほど、発疹が認められた。紫色に腫れ上がっているところもあり、秀秋は呻きながらガタガタ震えている。

しかし、岡山に帰城したところで、手の打ちようのない点には変わりない。医者も祈禱も役立たずで、これがよさそうだという煎じ薬や薬湯をいくら飲ませても効果はなかった。病状は、ますます悪化する。

骨と皮になりながら、腫れ上がった全身の吹出物と高熱に、秀秋はのた打ち回って苦悶した。それが、十二日間も続いた。誰もが伝説として聞いている宇喜多直家の死にざまと、まるでそっくりだと連想した。

十三日目から秀秋は、苦しまなくなった。その代わり、動きもしなければ声も発しない。三日間、眠っているようであった。そして十月八日に、小早川秀秋は絶命した。『天下一の裏切者なり』と、つぶやいたのを聞いた者がいる。

一般に秀秋が没したのは、慶長七年の十月十八日と記されている。ほかに、十月八日という説もある。八日か十八日か、いずれを採るべきか。一般説となっている十八日は、捨てたほうがよさそうである。

それは秀秋の除封も、十月十八日になっているからなのだ。大名がこの世を去りまだ死亡の届けも出していないのに、その日のうちに中央からお家断絶を通告してくることなどあり得ない。

手回しがよすぎるというより、不可能であった。それに、平岡頼勝は秀秋の死を、家中の者に口止めしている。死因は重度の肝硬変とも書かれているが、秀秋の酷い遺骸からすれば不慮の死と受け取られる。

そこで平岡頼勝は伏見や京都を回り、実力者とされる家康の側近あるいは重臣と面談する。目的は莫大な賄賂をばらまいて、『痘瘡《とうそう》にて急逝されたれば嗣子なけれども、いまより養子致しお家相続のこと相謀《はか》りおり候えば、何とぞお許しありたし』と懇願することにあった。

平岡頼勝としては何としてでも、小早川家の断絶だけは免れたいと必死だったのだ。そうした工作期間があったことも計算すれば、十月十八日秀秋死去、同日小早川家断絶という説は成り立たない。

秀秋は、十月八日に死亡した。その後、養子を認めてくれと平岡頼勝の工作が行われた。だが、結果的に工作は失敗に終わった。その理由は、家康が頑として許可しなかったからだといわれている。

これで万事休す。ここに名族小早川家は、お取り潰しになった。そのように正式に決定されたのが慶長七年十月十八日、それが秀秋の命日にもなったのではないか。

小早川秀秋は成就寺という日蓮宗の寺に葬られたが、それを機に成就寺は菩提寺として瑞雲寺と寺号を改めた。法名は、瑞雲院殿前黄門秀巌日詮大居士《ずいうんいんでんさきのこうもんしゅうがんにっせんだいこじ》。

平岡頼勝以下、残された家中の者たちは、岡山城内の整理整頓に努めた。翌年の二月から池田輝政の次男の忠継が、新しい岡山城主になることを知らない者はいない。

しかし、小早川家の遺臣たちには、関係のないことであった。池田家は小早川家の遺臣を召し抱えることに、消極的だと聞かされている。数人の例外はいても、大半の者が先の見通しのつかない牢人になるのである。

知行三万石の家老となれば大名並みだが、その平岡頼勝でさえあっさり牢人しなければならない。仕えていた主家が、断絶となったときの武士の悲哀だった。

だが、平岡頼勝の場合は二年後に、家康に召し出される。もともと平岡頼勝は関ヶ原の合戦に功あり、家康みずから秀秋に平岡を家老とし重用せよと命じている。

また備前小嶋の三万石を平岡頼勝に与えたのも、家康のお声がかりによっている。そうした手前、家康も平岡頼勝が牢人でいるのを無視できなかったのだろう。しかも平岡頼勝は、小早川秀秋の家老としても実際によくやった。

「そのほう小早川家の重臣ども残らず逃走したのちも、ただひとり家老として踏みとどまり最後まで小早川家に忠義を尽くしたるはみごとであった。また小早川家の断絶を惜しみ、養子を得んと苦労を重ねたるも忠義の極みなり」

そのように、家康は平岡頼勝を賞した。

将軍に就任して一年半後の慶長九年（一六〇四）八月、家康は平岡頼勝に美濃（岐阜県）九郡のうちの一万石を給与する。

だが、それらは先のことである。いまの平岡頼勝は、そうしたことになろうとは夢にも知らない。城中はもとより天守閣、御金蔵、武器蔵までピカピカに磨き上げたような岡山城は、慶長七年十一月の末に開城となる。

岡山城は公収という形で、正式な使者によって引き取られる。小早川家の旧臣は残らず城を出て、四方へ散っていく。平岡頼勝も道中支度に身を固めた一族郎党を引き連れ、畿内に新天地を求めて東へ向かった。

もはや冬であり、初雪が降ってもおかしくない。しかし、山陽道は気候温暖で、冬木を見る程度だった。平岡頼勝は、岡山城を振り返った。ずいぶんと、苦労をさせられた。秀秋には、泣かされどおしであった。

とはいえ、それをいまは恨んでいない。むしろ五十一万石の大々名となってわずか二年、二十一歳の若さで悶死した小早川秀秋が哀れでならなかった。加えて平岡頼勝には、なすべきことをなし遂げたという満足感があった。

呪われた城、杉原重治の亡霊、大谷刑部の怨霊、数々の殺生、天下一の裏切者といったことも、もはや昔話にすぎない。ただひとつ胸に引っかかるとすれば、『人面獣心なる秀秋め、三年のうちに呪い殺してくれるわ』という大谷刑部の遺言どおり、小早川秀秋に地獄のような死が訪れたことだけだろう。わしも裏切りを強くすすめた者のひとりよと、平岡頼勝は鮮やかな梅もどきの実の赤さと、冬空の青さを一緒に振り仰いでいた。

あとがき

笹沢左保

三月に、第三回日本ミステリー文学大賞を受賞したので、久しぶりに上京した。ほかにもう一本、文学賞の詮衡会があったが三点の最終候補を読み残していたため、その三作品に博多からの新幹線の車内で目を通すことにした。間もなく三作品を読み上げたが、東京までまだ時間の余裕があった。

それで私は、ビールを飲むことにした。だが、そこで奇妙なことを体験した。私が飲んだのは、小さい缶ビールがたったの三本。そのうえ、弁当まで平らげたのである。自慢にはならないが私のビール飲みの新記録は、十二時間で大瓶のビール五十六本であった。

それに比べれば、小さい缶ビール三本など水と変わらない。ここ三十年はもっぱらウイスキーを飲むことにしているが、いまでもボトル半分から一本は空ける。それでも食事をすませれば、アルコールは醒めてしまう。

酒豪と言われる所以《ゆえん》である。しかし、その酒豪がどういうわけか、わずか小さい缶ビール三本と加えて弁当まで食べたのに、ひどく酩酊したのであった。東京駅そして会場に到着したのに、私の酔いは醒めなかった。これは私にとって、奇妙な体験だった。小さい缶ビール三本を飲み、食事までしたのに酔っぱらう。

私にしてみれば、考えられないことだった。奇跡と言ってもよかった。私は三、四日どうして酔ったのかと、首をひねり続けた。その後、ウイスキーの水割りをかなり多量に痛飲したが、正体を失うほど酔うことはなかった。ただひとつだけ、思い当たることがあった。

当時、私は肋骨を折っていた。長時間、列車に揺られるので、肋骨の痛みが激しくなるかもしれない。コルセットだけでは心許ないと、私は痛み止めの薬を服用した。痛み止めの薬とアルコールが混合されて、何らかの副作用をもたらしたのではないか。そのために少量のビールでひどく酔うということが、あり得るかもしれない。

だが、これは専門医の診断ではなく、あくまで私の想像なのだ。正しいこととは、断定できない。いずれにしても私は酔っぱらって、親しい作家の森村誠一さんをはじめ編集者諸君に大変な迷惑をかけた。多くの招待客に、何だもう酔っぱらっているのかという視線を浴びたようにも思える。

凡庸にして愚鈍、厚顔無恥、頼りなくて間抜けな男だと、東京を後にしてからの私は自己嫌悪に陥った。とたんにこの小説の小早川秀秋が、私の頭に浮かんだ。日本の歴史を変えた人物というのは、大勢いてよく描かれる。どれも英雄視される偉大な人間であって、そうでなければ一国の歴史を変えることは不可能だろう。

ところが、例外もいる。小早川秀秋である。小早川秀秋は九十パーセントの確率で、日本の歴史を変えてしまった。ただし秀秋は、裏切者であった。もし関ヶ原の合戦において秀秋の裏切りがなければ西軍の勝利に終わったというのが、専門家たちの意見の中にある。西軍の勝利となれば、徳川家も徳川時代も存在しなかった。つまり日本の歴史は、大変化を遂げていたのだ。

更に『人面獣心なる秀秋め、この無念を晴らすがため三年のうちに呪い殺してくれるわ』という大谷刑部の遺言どおり、秀秋が非業の死を遂げたのもドラマチックな悲劇であった。このように実力も能力も三流以下であり、凡庸にして愚鈍、厚顔無恥、頼りなくて間の抜けた裏切者の短くして悲劇的な生涯には、不思議な魅力が感じられる。

秀秋が裏切らずして西軍の大名が残らず健在であり、徳川家以下の東軍の大名が全滅していたら、関ヶ原よりのちの日本の歴史はどうなっていたかと空想しながら小早川秀秋を執筆したのも、楽しみのひとつだったことを記憶している。

この作品は1997年10月小社より刊行されたものです。

双葉文庫

さ-07-19

小早川秀秋《こばやかわひであき》の悲劇《ひげき》

2000年6月20日　第1刷発行

【著者】
笹沢左保《ささざわさほ》

【発行者】
諸角裕

【発行所】
株式会社双葉社
〒162-8540　東京都新宿区東五軒町3番28号
[電話]03-5261-4818(営業)　03-5261-4840(編集)
[振替]00180-6-117299

【印刷所】
大日本印刷株式会社

【製本所】
株式会社宮本製本所

【表紙・扉絵】南伸坊
【フォーマット・デザイン】日下潤一
【フォーマット写植】ブライト社

ISBN4-575-66108-2 C0193